魔法科高中的劣等生 18
The irregular at magic high school
師族會議篇〈中〉
佐島 勤
Tsutomu Sato
illustration／石田可奈
Kana Ishida
illustrator assistant／ジミー・ストーン、末永康子

「人類主義」與國內情勢

一般大眾認為人類主義是由主張「人只能以不超出人類範疇的力量生活」，並提倡反魔法主義的基督教支派（異端）進行的宗教活動，或是以此為藉口的魔法師排斥運動。以下節錄部分教義內容：「發動奇蹟是神專屬之權力，將神定下的自然法則扭曲為非神之物是惡魔的行徑。人必須只以不超出人類範疇的力量生活。」

西元二〇九七年二月，魔法師們在日本箱根舉辦「師族會議」時，發生了大規模的炸彈恐怖攻擊。人類主義者主張這場恐怖攻擊源自魔法師之間的紛爭，認為日本魔法師對市民見死不救，因此排斥活動變得更加頻繁、更加激進。而十師族的領導層依然在苦思對策。

駭客系統「至高王座」

指USNA軍運用的全球通訊監聽系統「梯隊系統Ⅲ」內部潛藏的擴充系統。被稱作「七賢人」的七名管制員擁有連線權，可以從全世界的通訊系統中竊取想要的情報。至高王座的終端機是以腦波與手勢操作的VR型HMD（頭戴式顯像裝置），會以鏡頭捕捉指尖動作，在虛擬視野映出軌跡。管制員以光之文字在虛構的空中寫下搜尋條件，再以腦波輔助元件送出選擇與確定指令，藉此獲得情報。是世界頂級的竊聽系統。

但是，至高王座的七名管制員中，實際上只有一人使用「七賢人」這個名稱。這個人是唯一和「至高王座」系統管理者有直接聯繫的雷蒙德·S·克拉克。

顧傑

顧傑（紀德·黑顧）曾經隸屬於大漢魔法師研發機構「崑崙方院」。在崑崙方院研發出「不老術法」的他，將日本魔法界以及昔日消滅崑崙方院的四葉一族視為報仇目標，但理由不得而知（不曉得過程中曾發生何種心理作用，連當事人也可能已經不記得了）。

顧傑現年九十七歲，外表卻只像是五十歲左右。他有周公瑾這個徒弟，不過他自己的直接戰鬥力很低。雖然他是大陸的古式魔法師，但他學到的魔法並非用來直接和敵人交戰。他擅長的是將「魔法增幅器」這種將人類當成零件來製造魔法道具的技術，「施法器」這種把人改造成道具的技術，以及在這次恐怖攻擊中使用的操縱屍體技術。

此外，顧傑也以「七賢人」之一的身分君臨黑社會，支援各種反社會組織。像反魔法國際政治團體「Blanche」、國際犯罪組織「無頭龍」等組織都有得到他的支援，不過這些組織都已經呈現毀滅狀態。

而且，顧傑自己所剩下的時間也不多了。

魔法科高中的劣等生 18

The irregular at magic high school

師族會議篇〈中〉

背負某項缺陷的劣等生哥哥。
一切完美無瑕的優等生妹妹。
這對兄妹就讀魔法科高中之後，

風波不斷的每一天就此揭開序幕——

佐島 勤
Tsutomu Sato
illustration
石田可奈
Kana Ishida

Kadokawa Fantastic Novels

Character
登場角色介紹

吉田幹比古

就讀於二年B班。今年起成為一科生。
出自古式魔法的名門。
從小就認識艾莉卡。

光井穗香

就讀於二年A班，深雪的同班同學。
擅長光波振動系魔法。
一旦擅自認定後就頗為一意孤行。

北山 雫

就讀於二年A班，深雪的同班同學。
擅長振動與加速系魔法。
情緒起伏鮮少展露於言表。

司波達也

就讀於二年E班。
進入新設立的魔工科。
達觀一切。
妹妹深雪的「守護者」。

司波深雪

就讀於二年A班。達也的妹妹。
去年以首席成績入學的優等生。
擅長冷卻魔法。溺愛哥哥。

西城雷歐赫特

就讀於二年F班，達也的朋友。
二科生。擅長硬化魔法。
個性開朗。

千葉艾莉卡

就讀於二年F班，達也的朋友。
二科生。可愛的闖禍大王。

柴田美月

就讀於二年E班。
今年也和達也同班。
罹患靈子放射光過敏症。
有點少根筋的認真少女。

里美 昴

就讀於二年D班。
宛如美少年的少女。
個性開朗隨和。

英美・艾米莉雅・格爾迪・明智

就讀於二年B班，
隔代混血兒。
平常被稱為「艾咪」。
名門格爾迪家的子女。

櫻小路紅葉

就讀於二年B班，
昴與艾咪的朋友。
便服是哥德蘿莉風格。
喜歡主題樂園。

森崎 駿

就讀於二年A班，
深雪的同班同學。
擅長高速操作CAD。
身為一科生的自尊強烈。

十三束 鋼

就讀於二年E班。
別名「Range Zero」（射程距離零）。
「魔法格鬥武術」的高手。

七草真由美

畢業生。現在是魔法大學學生。
擁有令異性著迷的
小惡魔個性，
卻不擅長應付他人攻勢。

中条 梓

三年級。前任學生會會長。
生性膽小，個性畏首畏尾。

市原鈴音

畢業生。現在是魔法大學學生。
冷靜沉著的智慧型人物。

服部刑部少丞範藏

三年級。前任社團聯盟總長。
雖然優秀，卻有著過於正經的一面。

渡邊摩利

畢業生。真由美的好友。
各方面傾向好戰。

十文字克人

畢業生。現在升學至魔法大學。
達也形容為「如同巨巖般的人物」。

辰巳鋼太郎

畢業生。前任風紀委員。
個性豪爽。

關本 勳

畢業生。前任風紀委員。
論文競賽校內審查第二名。
犯下間諜行為。

澤木 碧

三年級。風紀委員。
對女性化的名字耿耿於懷。

桐原武明

三年級。劍術社成員。
關東劍術大賽
國中組冠軍。

五十里 啟

三年級。前任學生會會計。
魔法理論成績優秀。
千代田花音的未婚夫。

壬生紗耶香

三年級。劍道社成員。
劍道大賽國中女子組
全國亞軍。

千代田花音

三年級。前任風紀委員長。
和學姊摩利一樣好戰。

七草香澄

今年就讀
魔法科高中的「新生」。
七草真由美的妹妹，
泉美的雙胞胎姊姊。
個性活潑開朗。

七寶琢磨

擔任今年「新生」總代表的學生。
一科生。有力的魔法師家系
「師補十八家」之一
「七寶家」的長子。

七草泉美

今年就讀
魔法科高中的「新生」。
七草真由美的妹妹，
香澄的雙胞胎妹妹。
個性成熟穩重。

櫻井水波

今年就讀魔法科高中的「新生」。
立場是達也與深雪的表妹。
深雪的守護者候選人。

隅守賢人

就讀於一年G班的白種人少年。
父母從USNA歸化日本。

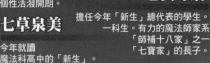

安宿怜美

第一高中保健醫生。
穩重溫柔的笑容
大受男學生歡迎。

廿樂計夫

第一高中教師。
擅長魔法幾何學。
論文競賽的負責人。

珍妮佛・史密斯

歸化日本的白種人。達也的班級
與魔法工學課程的指導教師。

小野 遙

第一高中的
綜合輔導老師。
生性容易被欺負，
卻有不為人知的另一面。

九重八雲

擅長古式魔法「忍術」。
達也的體術師父。

平河小春

畢業生。在去年以工程師身分
參加九校戰。
主動放棄參加論文競賽。

平河千秋

就讀於二年E班。
敵視達也。

千倉朝子

三年級。九校戰新項目
「堅盾對壘」的女子單人賽選手。

五十嵐亞實

畢業生。兩項競賽社前任社長。

五十嵐鷹輔

二年級。亞實的弟弟。
個性有些懦弱。

三七上凱利

三年級。九校戰「祕碑解碼」
正規賽的男生選手。

上野

以東京為地盤的執政黨年輕政治家。
眾所皆知的親近魔法師的議員。

神田

隸屬於民權黨的年輕政治家。
對於國防軍採取批判態度的人權派。
也是反魔法主義者。

一条剛毅

將輝的父親。
十師族一条家現任當家。

一条美登里

將輝的母親。
個性溫和，廚藝高明。

一条 茜

一条家長女，將輝的妹妹。
今年就讀當地的名門私立中學。
心儀真紅郎。

一条瑠璃

一条家次女，將輝的妹妹。
我行我素，行事可靠。

琵庫希

魔法科高中擁有的家事輔助機器人。
正式名稱是3H（Humanoid Home Helper：
人型家事輔助機械）P94型。

一条將輝

第三高中的二年級學生。
今年也參加九校戰。
「十師族」一条家的
下任當家。

吉祥寺真紅郎

第三高中的二年級學生。
今年也參加九校戰。
以「始源喬治」的
別名眾所皆知。

北山 潮

雫的父親。企業界的大人物。
商業假名是北方潮。

北山紅音

雫的母親。曾以振動系魔法
聞名的A級魔法師。

北山 航

雫的弟弟。小學六年級。
非常仰慕姊姊。
目標是成為魔工技師。

鳴瀨晴海

雫的表哥。國立魔法大學
附設第四高中的學生。

牛山

FLT的CAD開發第三課主任。
受到達也的信任。

千葉壽和

千葉艾莉卡的大哥。
警察省國家公務員。
乍看之下像是
遊手好閒的人。

恩斯特・羅瑟

首屈一指的CAD製作公司
羅瑟魔工所日本分公司社長。

千葉修次

千葉艾莉卡的二哥。
摩利的男友。
具備千刃流劍術
免許皆傳資格。
別名「千葉的麒麟兒」。

九島 烈

被譽為世界最強
魔法師之一的人物。
眾人尊稱為「宗師」。

稻垣

警察省的巡查部長。
千葉壽和的部下。

九島真言

日本魔法界長老九島烈的兒子，
九島家現任當家。

安娜・羅瑟・鹿取

艾莉卡的母親。日德混血兒，
曾是艾莉卡的父親——
千葉家當家的「小妾」。

九島光宣

真言的兒子。
雖是國立魔法大學附設
第二高中的一年級學生，
但因為經常生病幾乎沒上學。
和藤林響子是同母異父的姊弟。

九鬼 鎮

服從九島家的師補十八家之一。
尊稱九島烈為「老師」。

小和村真紀

實力足以在著名電影獎
入圍最佳女主角的女星。
不只是美貌，演技也得到認同。

周公瑾

安排大亞聯盟的呂與陳
來到橫濱的俊美青年。
在中華街活動的神祕人物。

陳祥山

大亞聯軍
特殊作戰部隊隊長。
為人心狠手辣。

呂剛虎

大亞聯軍特殊作戰部隊的
王牌魔法師。
別名「食人虎」。

鈴

森崎拯救的少女。
全名是「孫美鈴」。
香港國際犯罪組織
「無頭龍」的新領袖。

風間玄信

陸軍101旅
獨立魔裝大隊隊長。
階級為少校。

真田繁留

陸軍101旅
獨立魔裝大隊幹部。
階級為上尉。

藤林響子

擔任風間副官的
女性軍官。階級為少尉。

佐伯廣海

國防陸軍101旅旅長。階級為少將。
獨立魔裝大隊隊長風間玄信的長官。
外貌使她擁有「銀狐」的別名。

柳 連

陸軍101旅
獨立魔裝大隊幹部。
階級為上尉。

山中幸典

陸軍101旅獨立魔裝大隊幹部。
少校軍醫，一級治癒魔法師。

酒井

國防陸軍總司令部軍官，階級為上校。
被視為反大亞聯盟的強硬派。

四葉真夜

達也與深雪的姨母。
深夜的雙胞胎妹妹。
四葉家現任當家。

司波深夜

達也與深雪的母親。已故。
唯一擅長精神構造干涉魔法的
魔法師。

葉山

服侍真夜的高齡管家。

櫻井穗波

深夜的「守護者」。已故。
受到基因操作，強化魔法天分
而成的調整體魔法師
「櫻」系列第一代。

新發田勝成

原為四葉家下任當家候選人
之一。為防衛省職員，
第五高中的校友。
擅長聚合系魔法。

司波小百合

達也與深雪的後母。
厭惡兩人。

堤 琴鳴

新發田勝成的守護者。
調整體「樂師系列」的第二代。
對於聲音相關魔法
擁有相當高的素質。

津久葉夕歌

原為四葉家下任當家候選人之一。
曾擔任第一高中學生會副會長。
現在是魔法大學四年級學生，
擅長精神干涉系魔法。

堤 奏太

新發田勝成的守護者。
調整體「樂師系列」的
第二代。為琴鳴的弟弟，
和她一樣對於聲音相關魔法
擁有相當高的素質。

吉見

四葉的魔法師，黑羽家的親戚。
是一名接觸感應能力者，
可讀取人體所殘留的想子情報體痕跡。
極度的祕密主義。

安潔莉娜・庫都・希爾茲

USNA魔法師部隊「STARS」的總隊長。
階級是少校。暱稱是莉娜。
也是戰略級魔法師「十三使徒」之一。

瓦吉妮雅・巴藍斯

USNA統合參謀總部情報部內部監察局第一副局長。
階級是上校。來到日本支援莉娜。

希兒薇雅・瑪裘利・法斯特

USNA魔法師部隊「STARS」的行星級魔法師。階級是准尉。
暱稱是希兒薇，姓氏來自軍用代號「第一水星」。
在日本執行作戰時，擔任希利鄔斯少校的輔佐。

班哲明・卡諾普斯

USNA魔法師部隊「STARS」的第二把交椅。
階級是少校。希利鄔斯少校不在時的
代理總隊長。

米卡艾拉・弘格

USNA派到日本的間諜
（正職是國防總署的魔法研究人員）。
暱稱是米亞。

克蕾雅

獵人Q——沒能成為「STARS」的
魔法師部隊「STARDUST」的女兵。
Q意味著追蹤部隊的第17順位。

瑞琪兒

獵人R——沒能成為「STARS」的
魔法師部隊「STARDUST」的女兵。
R意味著追蹤部隊的第18順位。

亞弗列德・佛瑪浩特

USNA魔法師部隊「STARS」的一等星魔法師。
階級是中尉。暱稱是弗列迪。
逃離STARS。

查爾斯・沙立文

USNA魔法師部隊「STARS」的衛星級魔法師。
別名「第二魔星」。
逃離STARS。

雷蒙德·S·克拉克

雫留學的USNA柏克萊某高中的同學。
是名動不動就主動和雫示好的白人少年。
真實身分是「七賢人」之一。

顧傑

「七賢人」之一。別名紀德·黑顧，
大漢軍方術士部隊的倖存者。

黑羽 貢

司波深夜、四葉真夜的表弟。
亞夜子、文彌的父親。

近江圓磨

熟悉「反魂術」的魔法研究家，
別名「人偶師」的古式魔法師。
據說可以使用禁忌的魔法
將屍體化為傀儡。

黑羽亞夜子

達也與深雪的從表妹。
和弟弟文彌是雙胞胎。
第四高中的學生。

黑羽文彌

四葉下任當家候選人。
達也與深雪的從表弟。
和姊姊亞夜子是雙胞胎。
第四高中的學生。

七草弘一

真由美的父親，七草家當家。
也是超一流的魔法師。

名倉三郎

受僱於七草家的強力魔法師。
主要擔任真由美的貼身護衛。

二木舞衣

十師族「二木家」當家。住在兵庫縣蘆屋。
表面職業是數間化學工業、食品工業公司的大股東。
負責監護阪神與中國地區。

三矢元

十師族「三矢家」當家。住在神奈川縣厚木。
表面職業（不太確定是否能這麼形容）
是跨國的小型兵器掮客。
負責運用至今依然在運作的第三研。

五輪勇海

十師族「五輪家」當家。住在愛媛縣宇和島。
表面職業是海運公司的高層，實質上的老闆。
負責監護四國地區。

六塚溫子

十師族「六塚家」當家。住在宮城縣仙台。
表面職業是地熱發電所挖掘公司的實質老闆。
負責監護東北地區。

八代雷藏

十師族「八代家」當家。住在福岡縣。
表面職業是大學講師以及數間通訊公司的大股東。
負責監護沖繩以外的九州地區。

十文字和樹

十師族「十文字家」當家。住在東京都。
表面職業是做國防軍生意的土木建設公司老闆。
和七草家一起負責監護包含伊豆的關東地區。

部分插圖協助／魔法科高中製作委員會

Glossary
用語解說

一科生的徽章

司波達也的CAD

司波深雪的CAD

魔法科高中

國立魔法大學附設高中的通稱，全國總共設立九所學校。
其中的第一至第三高中，每學年招收兩百名學生，
並且分為一科生與二科生。

花冠、雜草

第一高中用來形容一科生與二科生階級差異的隱語。
一科生制服的左胸口繡著以八枚花瓣組成的徽章，
不過二科生制服沒有。

CAD

簡化魔法發動程序的裝置，
內部儲存使用魔法所需的程式。
分成特化型與泛用型，外型也是各有不同。

Four Leaves Technology〔FLT〕

國內一家CAD製造公司。
原本該公司製造的魔法工學零件比成品有名，
但在開發「銀式」之後，
搖身一變成為知名的CAD製造公司。

托拉斯・西爾弗

短短一年就讓特化型CAD的軟體技術進步十年，
而為人所稱頌的天才技師。

Eidos〔個別情報體〕

原為希臘哲學用語。在現代魔法學，個別情報體指的是
「伴隨事物現象而來的情報」，是「事象」曾經存在於
「世界」的記錄，也可以說是「事象」留在「世界」的足跡。
依照現代魔法學的定義，「魔法」就是修改個別情報體，
藉以改寫個別情報體所代表的「事象」的技術。

Idea〔情報體次元〕

原為希臘哲學用語。在現代魔法學，情報體次元指的是「用來記錄個別情報體的平台」。
魔法的原始形態，就是將魔法式輸入這個名為「情報體次元」的平台，
改寫平台裡「個別情報體」的技術。

啟動式

為魔法的設計圖，用來構築魔法的程式。
啟動式的資料檔案，是以壓縮形式儲存在CAD，魔法師輸入想子波展開程式之後，
啟動式會依照資料內容轉換為訊號，並且回傳給魔法師。

想子

位於靈異現象次元的非物質粒子，記錄認知與思考結果的情報元素。
成為現代魔法理論基礎的「個別情報體」，成為現代魔法骨幹的「啟動式」和
「魔法式」技術，都是由想子建構而成。

靈子

位於靈異現象次元的非物質粒子。雖然已經確認其存在，但是形態與功能尚未解析成功。
一般的魔法師，頂多只能「感覺到」活化狀態的靈子。

魔法師

「魔法技能師」的簡稱。能將魔法施展到實用等級的人，統稱為魔法技能師。

魔法式

用來暫時改變伴隨事物現象而來的情報之情報體。由魔法師持有的想子構築而成。

魔法演算領域

構築魔法式的精神領域，也就是魔法資質的主體。該處位於魔法師的潛意識領域，魔法師平常可以意識到魔法演算領域並且使用，卻無法意識到內部的處理過程。對魔法師本人來說，魔法演算領域也堪稱是個黑盒子。

魔法式的輸出程序

❶從CAD接收啟動式，這個步驟稱為「讀取啟動式」。
❷在啟動式加入變數，送入魔法演算領域。
❸依照啟動式與變數構築魔法式。
❹將構築完成的魔法式，傳送到潛意識領域最上層暨意識領域最底層的「基幹」，從意識與潛意識之間的「閘門」輸出到情報體次元。
❺輸出到情報體次元的魔法式，會干涉指定座標的個別情報體進行改寫。

「實用等級」魔法師的標準，是在施展單一系統暨單一工序的魔法時，於半秒內完成這些程序。

魔法的評價基準（魔法力）

構築想子情報體的速度是魔法的處理能力、
構築情報體的規模上限是魔法的容納能力、
魔法式改寫個別情報體的強度是魔法的干涉能力，
這三項能力總稱為魔法力。

始源碼假說

主張「加速、加重、移動、振動、聚合、發散、吸收、釋放」四大系統八大種類的魔法，各自擁有正向與負向共計十六種基礎魔法式，以這十六種魔法式搭配組合，就能構築所有系統魔法的理論。

系統魔法

歸類為四大系統八大種類的魔法。

系統外魔法

並非操作物質現象，而是操作精神現象的魔法統稱。
從使喚靈異存在的神靈魔法、精靈魔法，或是讀心、靈魂出竅、意識操控等，包括的種類琳琅滿目。

十師族

日本最強的魔法師集團。一条、一之倉、一色、二木、二階堂、二瓶、三矢、三日月、四葉、五輪、五頭、五味、六塚、六角、六鄉、六本木、七草、七寶、七夕、七瀨、八代、八朔、八幡、九島、九鬼、九頭見、十文字、十山共二十八個家系，每四年召開一次「十師族甄選會議」，選出的十個家系就稱為「十師族」。

含數家系

如同「十師族」的姓氏有一到十的數字，「百家」之中的主流家系姓氏也有十一以上的數字，例如「『千』代田」、「『五十』里」、「『千』葉」家。
數字大小不代表實力強弱，但姓氏有數字就代表血統純正，可以作為推測魔法師實力的依據之一。

失數家系

亦被簡稱「失數」，是「數字」遭受剝奪的魔法師族群。
昔日魔法師被視為兵器暨實驗樣本的時候，評定為「成功案例」得到數字姓氏的魔法師，要是沒有立下「成功案例」應有的成績，就得接受這樣的烙印。

各式各樣的魔法

● 悲嘆冥河
凍結精神的系統外魔法。凍結的精神無法命令肉體死亡，
中了這個魔法的對象，肉體將會隨著精神的「靜止」而停止、僵硬。
依照觀測，精神與肉體的相互作用，也可能導致部分肉體結晶化。

● 地鳴
以獨立情報體「精靈」為媒介振動地面的古式魔法。

● 術式解散
把建構魔法的魔法式，分解為構造無意義的想子粒子群的魔法。
魔法式作用於伴隨事象而來的情報體，基於這種性質，魔法式的情報結構一定會曝光，無法防止外力進行干涉。

● 術式解體
將想子粒子群壓縮成塊，不經由情報體次元直接射向目標物引爆，摧毀目標物的啟動式或魔法式這種紀錄魔法的想子情報體，屬於無系統魔法。
即使歸類為魔法，但只是一種想子砲彈，結構不包含改變事象的魔法式，因此不受情報強化或領域干涉的影響。此外，砲彈本身的壓力也足以反彈演算干擾的影響。由於完全沒有物理作用力，任何障礙物都無法防堵。

● 地雷原
泥土、岩石、砂子、水泥，不拘任何材質，
總之只要是具備「地面」概念的固體，就能施以強力振動的魔法。

● 地裂
由獨立情報體「精靈」為媒介，以線形壓潰地面，
使地面乍看之下彷彿裂開的魔法。

● 乾冰雹暴
聚集空氣中的二氧化碳製作成乾冰粒，
將凍結過程剩餘的熱能轉換為動能，高速射出乾冰粒的魔法。

● 迅襲雷蛇
在「乾冰雹暴」製造乾冰顆粒時，凝結乾冰氣化產生的水蒸氣，
溶入二氧化碳氣體使其形成高導電霧，再以振動系與釋放系魔法產生摩擦靜電。以溶入碳酸的水霧或水滴為導線，朝對方施展電擊的組合魔法。

● 冰霧神域
振動減速系廣域魔法。冷卻大容積的空氣並操縱其移動，
造成廣範圍的凍結效果。
簡單來說，就像是製造超大冰箱一樣。
發動時產生的白霧，是在空中凍結的冰或乾冰。
但要是提升層級，有時也會混入凝結為液態氮的霧。

● 爆裂
將目標物內部液體氣化的發散系魔法。
如果是生物就是體液氣化導致身體破裂，
如果是以內燃機為動力的機械就是燃料氣化爆炸。
燃料電池也不例外。即使沒有搭載可燃的燃料，無論是電池液、油壓液、冷卻液或潤滑液，世間沒有機械不搭載任何液體，因此只要「爆裂」發動，幾乎所有機械都會毀損而停止運作。

● 亂髮
不是指定角度改變風向，而是為了造成「絆腳」的含糊結果操作氣流，以極接近地面的氣流促使草葉纏住對方雙腳的古式魔法。只能在草長得夠高的原野使用。

魔法技能師開發研究所

西元二〇三〇年代，日本政府因應第三次世界大戰當前而緊張化的國際情勢，接連設立開發魔法師的研究所。研究目的不是開發魔法，始終是開發魔法師，為了製造出最適合使用所需魔法的魔法師，基因改造也在研究範圍。

魔法技能師開發研究所設立了第一至第十共十所，至今依然有五所運作中。

各研究所的細節如下所述：

魔法技能師開發第一研究所

二〇三一年設立於金澤市，現在已關閉。

開發主題是進行對人戰鬥時直接干涉生物體的魔法。氣化魔法「爆裂」是衍生形態之一。不過，操作人體動作的魔法可能會引發傀儡攻擊（操作他人進行的自殺式恐怖攻擊），因此禁止研發。

魔法技能師開發第二研究所

二〇三一年設立於淡路島，運作中。

和第一研的主題成對，開發的魔法是干涉無機物的魔法。尤其是關於氧化還原反應的吸收系魔法。

魔法技能師開發第三研究所

二〇三二年設立於厚木市，運作中。

目的是開發出能獨力應付各種狀況的魔法師，致力於多重演算的研究。尤其竭力實驗測試可以同時發動、連續發動的魔法數量極限，開發可以同時發動複數魔法的魔法師。

魔法技能師開發第四研究所

詳情不明，推測位於前東京都與前山梨縣的界線附近，設立時間則估計是二〇三三年。現在宣稱已經關閉，而實際狀況也不明。只有前第四研不是由政府，是對國家具備強大影響力的贊助者設立。傳聞現在該研究所從國家獨立出來，接受贊助者的支援繼續運作，也傳聞該贊助者實際上從二〇二〇年代之前就經營著該研究所。

據說其研究目標是試圖利用精神干涉魔法，強化「魔法」這種特異能力的源泉，也就是魔法師潛意識領域的魔法演算領域。

魔法技能師開發第五研究所

二〇三五年設立於四國的宇和島市，運作中。

研究的是干涉物質形狀的魔法。主流研究是技術難度較低的流體控制，但也成功研究出干涉固體形狀的魔法。其成果就是和USNA共同開發的「巴哈姆特」。加上流體干涉魔法「深淵」，該研究所開發出兩個戰略級魔法，是國際聞名的魔法研究機構。

魔法技能師開發第六研究所

二〇三五年設立於仙台市，運作中。

研究如何以魔法控制熱量。和第八研同樣偏向是基礎研究機構，相對的缺乏軍事色彩。不過除了第四研，據說在魔法技能師開發研究所之中，第六研進行基因改造實驗的次數最多（第四研實際狀況不明）。

魔法技能師開發第七研究所

二〇三六年設立於東京，現在已關閉。

主要開發反集團戰鬥用的魔法，群體控制魔法為其成果。第六研的軍事色彩不強，促使第七研成為兼任戰時首都防衛工作的魔法師開發研究設施。

魔法技能師開發第八研究所

二〇三七年設立於北九州市，運作中。

研究如何以魔法操作重力、電磁力與各種強弱不同的交互作用力。基礎研究機構的色彩比第六研更濃厚，但是和國防軍關係密切，這一點和第六研不同。部分原因在於第八研的研究內容很容易連結到核武開發，在國防軍的保證之下，才免於被質疑暗中開發核武。

魔法技能師開發第九研究所

二〇三七年設立於奈良市，現在已關閉。

研究如何將現代魔法與古式魔法融合，試圖藉由讓現代魔法吸收古式魔法的相關知識，解決現代魔法不擅長的各種課題（例如模糊不明確的術式操作）。

魔法技能師開發第十研究所

二〇三九年設立於東京，現在已關閉。

和第七研同樣兼具防衛首都的目的，研究如何在空間產生虛擬結構物的領域魔法，作為遭遇高火力攻擊的防禦手段。各式各樣的反物理護壁魔法為其成果。

此外，第十研試圖使用不同於第四研的手段激發魔法能力。具體來說，他們致力開發的魔法師並非強化魔法演算領域本身，而是能讓魔法演算領域暫時超頻，因應需求使用強力的魔法。但是成功與否並未公開。

除了上述十間研究所，開發元素家系的研究所從二〇一〇年代運作到二〇二〇年代，但現今全部關閉。此外，國防軍在二〇〇二年設立直屬於陸軍總司令部的秘密研究機構，至今依然獨自進行研究。九島烈加入第九研之前，都在這個研究機構接受強化處置。

魔法劍

使用魔法的戰鬥方式，除了以魔法本身為武器作戰，還有以魔法強化、操作武器的技術。
以魔法配合槍、弓箭等射擊武器的術式為主流，不過在日本，劍技與魔法組合而成的「劍術」也很發達。
現代魔法與古式魔法兩種領域，都開發出堪稱「魔法劍」的專用魔法。

1.高頻刃

高速振動刀身，接觸物體時傳導超越分子結合力的振動，將固體局部液化之後斬斷的魔法。和防止刀身自我毀壞的術式配套使用。

2.壓斬

使劍尖朝揮砍方向的水平兩側產生排斥力，將劍刃接觸的物體像是左右推壓般割斷的魔法。排斥力場細得未滿一公釐，強度卻足以影響光波，因此從正面看劍尖是一條黑線。

3.童子斬

被視為源氏祕劍而相傳至今的古式魔法。遙控兩把刀再加上手上的刀，以三把刀包圍對手並同時砍下的魔法劍技。以同音的「童子斬」隱藏原本「同時斬」的意義。

4.斬鐵

千葉一門的祕劍。不是將刀視為鋼塊或鐵塊，而是定義為「刀」這種單一概念，依循魔法式所設定的刀路而動的移動系統魔法。被定義為單一概念的「刀」如同單分子結晶之刃，不會折斷、彎曲或缺角，將會沿著刀路劈開所有物體。

5.迅雷斬鐵

以專用武裝演算裝置「雷丸」施展的「斬鐵」進化型。將刀與劍士定義為單一集合概念，因此從接觸敵人到出招的一連串動作，都能毫無誤差地高速執行。

6.山怒濤

以全長一八〇公分的大型專用武器「大蛇丸」所施展的千葉一門的祕劍。將己身與刀的慣性減低到極限並高速接近對手，在交鋒瞬間將至今消除的慣性疊加，提升刀身慣性後砍向對方。這股偽造的慣性質量和助跑距離成正比，最高可達十噸。

7.薄翼蜻蜓

將奈米碳管編織為厚度十億分之五公尺的極致薄膜，再以硬化魔法固定為全平面而化為刀刃的魔法。薄翼蜻蜓製成的刀身比任何刀劍或剃刀都要銳利，但術式不支援揮刀動作，因此術士必須具備足夠的刀劍造詣與臂力。

戰略級魔法師——十三使徒

現代魔法是在高度科技之中培育而成，因此能開發強力軍事魔法的國家有限，導致只有少數國家能開發匹敵大規模破壞兵器的戰略級魔法。

不過，開發成功的魔法會提供給同盟國，高度適合使用戰略級魔法的同盟國魔法師，也可能被認證為戰略級魔法師。

在2095年4月，各國認定適合使用戰略級魔法，並且對外公開身分的魔法師共十三名。他們被稱為「十三使徒」，公認是世界軍事平衡的重要因素。

十三使徒的國籍、姓名與戰略級魔法名稱如下所述：

USNA

安吉．希利鄔斯：「重金屬爆散」
艾里歐特．米勒：「利維坦」
羅蘭．巴特：「利維坦」
※其中只有安吉．希利鄔斯任職於STARS。艾里歐特．米勒位於阿拉斯加基地，羅蘭．巴特位於國外的直布羅陀基地，兩人基本上不會出動。

新蘇維埃聯邦

伊果．安德烈維齊．貝佐布拉佐夫：「水霧炸彈」
列昂尼德．肯德拉切科：「大地紅軍」
※肯德拉切科年事已高，基本上不會離開黑海基地。

大亞細亞聯盟

劉雲德：「霹靂塔」
※劉雲德已於2095年10月31日的對日戰鬥中戰死。

印度、波斯聯邦

巴拉特．錢德勒．坎恩：「神焰沉爆」

日本

五輪 澪：「深淵」

巴西

米吉爾．迪亞斯：「同步線性融合」
※魔法式為USNA提供。

英國

威廉．馬克羅德：「臭氧循環」

德國

卡拉．施米特：「臭氧循環」
※臭氧循環的原型，是分裂前的歐盟因應臭氧層破洞而共同研發的魔法。後來由英國完成，依照協定向前歐盟各國公開魔法式。

土耳其

阿里．夏亨：「巴哈姆特」
※魔法式為USNA與日本所共同開發完成，由日本主導提供。

泰國

梭姆．查伊．班納克：「神焰沉爆」
※魔法式為印度、波斯聯邦提供。

The International Situation

2096年現在的世界情勢

以全球寒冷化為直接契機的第三次世界大戰——二十年世界連續戰爭大幅改寫了世界地圖。世界現狀如下所述：

USA合併加拿大以及墨西哥到巴拿馬等各國，組成北美利堅大陸合眾國（USNA）。

俄羅斯再度吸收烏克蘭與白俄羅斯，組成新蘇維埃聯邦（新蘇聯）。

中國征服緬甸北部、越南北部、寮國北部以及朝鮮半島，組成大亞細亞聯盟（大亞聯盟）。

印度與伊朗併吞中亞各國（土庫曼、烏茲別克、塔吉克、阿富汗）以及南亞各國（巴基斯坦、尼泊爾、不丹、孟加拉、斯里蘭卡），組成印度、波斯聯邦。

亞洲阿拉伯其餘國家，分區締結軍事同盟，對抗新蘇聯、大亞聯盟以及印度、波斯聯邦三大國。

澳洲選擇實質鎖國。

歐洲整合失敗，以德國與法國為界分裂為東西兩側。東歐與西歐也沒能各自整合為單一國家，團結力甚至不如戰前。

非洲各國半數完全消滅，倖存的國家也只能勉強維持都市周邊的統治權。

南美除了巴西，都處於地方政府各自為政的小國分立狀態。

The irregular at magic high school

西元二〇九七年二月五日星期二，上午十點三十分。箱根某飯店發生了一場大規模的炸彈恐怖攻擊。

遇襲的是四年一次的十師族甄選會議會場所在的飯店。恐攻發生時十師族已經選任完畢，師補十八家也已離開飯店，但十師族各當家還留在飯店裡討論日本魔法界現存的各種問題。

上課時收到消息的達也、深雪、水波、琢磨、香澄以及泉美六人立刻前往現場，現在剛抵達。附近仍然交相傳來尖叫與吼聲。

燒燬的飯店裡抬出了死傷者。坐在路上接受治療的人們在哀號。斷續傳來的巨響，或許是因為被棄置在瓦礫裡的炸彈這時候才爆炸。慘狀不輸前年秋天的橫濱事變。

深雪不由得想走向飯店，達也將手放在她的肩上。

「哥哥……？」

深雪轉頭一看，達也搖了搖頭。

「交給他們比較好。」

達也制止想以魔法滅火的深雪。

火場已經開始滅火。裡頭不知道還留有多少爆裂物，要說危險確實危險，但負責滅火的是受過訓練的消防員。達也認為他們應該有一些自己這邊不懂的程序，所以最好別出手。

「不提這個，還是和姨……不對，和母親大人他們會合吧。」

達也在「姨母大人」說到一半時，想到琢磨等人也同行。或許根本不需要這樣顧慮，但他判斷最好避免言行令人懷疑「設定」是假的。

「在那邊。」

達也即使在和深雪交談，也比頻頻左右環視的琢磨與泉美他們先找到當家們。

十師族當家齊聚的樣子很壯觀，但他們為什麼留在這裡？達也沒有納悶太久，因為他發現當家們旁邊有一群人，推測是便衣刑警。

「父親大人！」

並未對此抱持疑問的泉美直接往前跑。

「啊，泉美，等一下啦！」

同樣沒想太多的香澄也跟著她過去。

「他們難道是……刑警……？」

同樣是跑到家長身邊，但琢磨有預先掌握周圍狀況，他在這一點上可說比兩人冷靜。

雖然結果上沒有差別。

「哥哥，您意下如何？」

看來十師族當家們在接受偵訊。深雪察覺這一點，詢問達也該採取什麼行動。不只是深雪，水波也仰頭看他。

「不能扔著泉美她們不管。」

六人都是從學校早退直接趕來這裡，當然沒時間換衣服，身上依然穿著第一高中制服。既然一年級學妹即將脫序，那麼，身為學長姊就必須上前阻止。達也以眼神向深雪與水波示意「這是情非得已」，走向真夜所站的地方。

「父親大人他們為什麼非得接受警方偵訊？父親大人他們也是受害者啊！」

正如預料，泉美正咄咄逼人地詢問刑警。她在這種時候總是一反平常的文雅態度，不知恐懼為何物。或許是基於年輕人常有的潔癖，讓她無法容忍公權力如此蠻橫不講理。

（不過……為什麼沒人阻止泉美？）

沒有當家出面制止高聲抗議的泉美，大家都只是在旁觀。在這種局面下，照理說至少做父親的七草弘一必須斥責女兒才對，但他不只沒斥責，甚至在看好戲。即使表情嚴肅，眼神也透露出了笑意。

目前刑警也只是嚇了一跳，但要是泉美繼續這樣下去，可能會影響警方的判定。這樣只會害得這邊（包括姨母他們與達也等人）的立場惡化。大人不出面，達也不得已只好自己出面。

「泉美，別再這樣了。」

「司波學長，你為什麼要阻止我？」

泉美撥開達也放在她肩膀的手。

達也抓住泉美揮動的手，操控她的重心，把她拉過來。

泉美來不及抵抗，甚至完全不覺得痛，就這麼被達也如同帶著她起舞般拉離刑警面前。

「妳冷靜一點。警方只是在執行公務。」

這句話不只是對泉美說，也是在牽制香澄與琢磨。

「妳愈是礙事，偵訊時間就愈長——打擾了。」

後半是對便衣刑警說的。刑警大概是被達也莫名無懈可擊的態度震懾，只有含糊點頭，沒追究泉美妨礙公務的行為。

達也拉著泉美的手，以視線帶著香澄與琢磨離開大人們身旁。

除了真夜，各當家都深感興趣地看著這一幕。

尤其弘一與剛毅的視線當中，還隱含了強烈的關注。

警方大概才剛開始偵訊，時間比達也預料的久。如今不只是便衣刑警，連制服警員也化作人牆圍住當家們，簡直把他們當嫌犯。

不過，這對達也來說不重要。

他只重視真夜的安危。在這個時間點讓真夜退場非常不利。深雪是四葉家下任當家的消息曝光之後，達也他們再也無法隱姓埋名。

不只如此，達也他們也還沒站穩陣腳。可以斷言是自己人的，只有牛山所率領的ＦＬＴ開發第三課。至於八雲與風間，必要時應該會堅守不干涉的立場吧。而且現下還沒和「贊助者」打過照面。

據傳真夜是世界最強的魔法師之一。這個評價不假，想必幾乎沒人能以魔法戰勝她吧。面對她的「流星群」，鮮少魔法師能夠平安脫身，即使是達也也不例外。

達也的「分解」魔法很適合用來對付真夜的「流星群」。「分解」能消除「流星群」的效果，但真夜不只是魔法威力，連發動速度也是首屈一指，而且可用的招式及多樣性是達也比不上的。真夜的魔法並非只有「流星群」。達也不一定能先下手為強。要是「流星群」比「分解」早完成，即使是達也也無法全身而退。他能勝過真夜的原因是擁有「重組」能力，別人只要沒有達也這種特異能力，應該就打不贏真夜。因為「流星群」一旦發動，無論使用何種防禦魔法，甚至是十文字家的「連壁方陣」都擋不住。

不過，這始終是魔法戰鬥方面的實力。真夜的身體只有與普通人同等的強韌度。是個除了有維持美貌與健康以外，沒有經過特別鍛鍊的弱女子。被砍會受傷，中槍也會流血。

即使是多麼高階的魔法師，也不可能無時無刻都展開著魔法護壁。永續發動型的防禦魔法尚未完成，別說進入實用階段，甚至不到可以實驗的階段。儘管是四葉真夜，只要出其不意，也可能以一顆子彈造成致命傷。

真正有必要的時候，自己甚至不惜在眾目睽睽之下使用「重組」。抱持這個覺悟趕過來的達也總之是先確認真夜平安無事了。看來還有一陣子無法和她交談（反正也沒要說什麼），所以達也打算回學校，不過剛好在這個時候，他看見了一道熟悉的紅色系制服身影。

「一条。」

音量算大，卻不到大喊的程度。

然而將輝確實回應了達也的呼叫。

「司波。」

將輝大概在找父親剛毅吧。原本一邊左右張望一邊快步移動的他，走到達也面前。

「司波同學也來了啊。」

將輝看到站在達也身旁的深雪，露出了喜悅、失望、死心與渴望等許多情感混合而成的複雜表情。

深雪——沒有挽著達也的手。

彼此也沒有緊貼。

達也與深雪之間的距離反而比之前寬。但將輝認為這正代表他們從兄妹轉變為戀人。

「是的，真是發生不得了的事情啊。」

深雪也不難解讀將輝對她表露的情感。深雪剛宣布訂婚，將輝就申請和她結為連理。即使不提這個「過於熱情」的行動，將輝現在臉上的複雜表情依然淺顯易懂。

其實，將輝令深雪頗為不悅。即使一条家介入，深雪是達也未婚妻的地位依然屹立不搖。然而在看到「心願可能成真」這道光明沒多久後就被潑冷水，深雪內心當然不是滋味。

雖說如此，深雪也沒有幼稚到會將這份不悅宣洩在將輝本人身上。而且她即使對將輝的行動感到不悅，也不討厭將輝本人。露個客套的微笑並非難事。

只是對於將輝來說，深雪態度冷漠一點，讓他早點死心或許比較好——而且對於深雪來說，將輝趕快死心當然比較好。

「的確……師族的各當家在那邊嗎？」

實際上，即使是這種時候，將輝看到深雪對他露出笑容，還是有點開心。

「是的，似乎在接受警方偵訊。」

「偵訊！不好意思，我暫時失陪一下。」

但也不到美色當前就喪失判斷力的程度。將輝前往父親身邊，大概是十師族一起接受警方盤問令他感受到危機吧。

將輝離去的同時，克人也從警察圍成的人牆走出來。從只有克人一人被放出來這點推測，應該是考慮到他未成年吧（過去，日本的法定成人年齡曾經降到十八歲，但在二〇七〇年代再度提升回二十歲。這是在反省二十年連續戰爭時期因為成人年齡下降而大量動員年輕士兵，也是世界趨勢。其他國家也有戰時將成人年齡降到十六歲，戰後一下子提升到二十五歲的極端例子）。

走出人牆的克人，筆直走向達也等人這邊。看來達也剛才將闖入偵訊的泉美帶走時，克人就看到他們在哪裡了。

「司波。」

克人叫完之所以沒有說下去，肯定是因為不知道該對達也還是對深雪說話。至少達也是這麼推測的。

「十文字『學長』，警方的偵訊告一段落了嗎？」

達也吸引了克人的注意力。並且，將自己在這裡的立場定義為學校的學弟，而不是十師族的一員。

「不，我認為需要對你們說明狀況。」

克人似乎決定順著達也的意思走，態度不再尷尬。

克人看向和達也一起來的成員。他之前看過香澄與泉美。水波與琢磨則是第一次見面——至少沒有主動交談過。

「你難道是七寶閣下的……？」

克人對琢磨開口。

「是的。我是七寶琢磨。十文字先生，初次見面。」

相對於達也，琢磨不是以高中學弟身分，而是以十師族成員的身分和同樣是十師族的克人打招呼。雖然一邊是當家，一邊是當家的兒子，不過「十師族」是整個家冠上的稱號，所以雙方在這方面上處於對等立場。

「我是十文字克人。請多指教。」

「在下才要請您多多指教。」

不過就算對等，也不代表學長學弟的輩分消失，所以措辭自然就變成這樣。琢磨也不敢用趾高氣昂的語氣面對初次見面的克人。

「這個女生是櫻井水波，是借住我家的一年級學生。」

達也抓準時機，向克人介紹水波。水波朝克人恭敬鞠躬。看來克人因而大致猜到水波的真實身分了。具體來說，就是得知水波是四葉家的幫傭。他以眼神向水波回禮，然後回到正題。

「你們是收到受災通知過來的吧？如你們所見，四葉閣下、七草閣下以及七寶閣下都平安無事，甚至連點輕傷都沒有。」

「受災通知郵件」是行動情報終端機的系統，可以在自己遭遇災害時通知親屬或朋友。透過這項網路服務，終端機以短程無線接收到火災或地震警報時，會通知預先登錄的對象。郵件內容除了自治機構掌握到的災害相關情報，也會附上終端機監視對象的生命指數，並分成「平安」、「危險」、「死亡」三個階段。

不過，這個情報是寄信當下，也就是災害發生當時的狀況，所以除非設定持續通知，否則無法得知之後的狀況變化。達也與將輝匆忙趕來也是基於這個原因。

「看來是這樣沒錯。話說學長，方便告訴我們發生什麼事嗎？」

「嗯。我還要向其他人說明，所以只能簡單講一下。」

達也聽克人這麼說完，便環視周圍。他發現四葉家的相關人員——具體來說就是花菱管家底下的武力部隊悄悄躲在附近，也看到推測是其他當家親屬的人——但很遺憾，他沒發現疑似自爆恐攻同夥的身影。

「拜託學長了。」

達也低頭表示簡單說明就好，克人點頭回應後，就真的只有簡單說明剛才發生的事。

「其實我們也不知道詳情。」

剛才開會時因遭受自爆恐怖攻擊而到樓頂避難，還有自爆恐怖攻擊使用的是自走屍體。克人這麼說明之後，又補充一段話。

「現階段甚至不確定對方目標是不是我們。我認為歹徒非常有可能是衝著師族會議而來，不過警方似乎也還沒得出結論。」

「不好意思，克人先生。不對，十文字學長……」

以名字叫克人之後，又連忙改口稱呼學長的人是香澄。她們姊妹倆在就讀高中之前就認識克人，所以在她們的認知中，克人比較不像畢業校友，而是姊姊的朋友——真由美對克人的稱呼是「十文字」，香澄之所以使用「克人先生」這個稱呼，大概是因為香澄或泉美不需要考慮「一些多餘的事情」吧。

「香澄，怎麼了？」

克人似乎也是如此。

「警察在詢問家父……不對，詢問各位什麼問題？」

「他們在詢問剛才發生了什麼事。因為我們在現場目擊了事實。」

「那麼，家父與各位並不是被當成嫌犯接受偵訊吧？」

香澄旁邊的泉美掛著緊張表情插嘴問道。看來她真的在擔心父親。這以一般觀點來看是理所當然，達也與深雪卻覺得有點意外。

或許是因為這樣，克人看向泉美的雙眼才會透露些許躊躇。

「警方沒質疑是我們共謀或教唆，卻懷疑是魔法師之間的抗爭招致這場自爆恐攻。」

即使如此，他也沒有臨場出言搪塞。

「怎麼這樣……」

泉美茫然低語，緊握自己的小手。

大概是認為這樣很不講理吧。

不只泉美感到憤怒，一直乖乖當聽眾的琢磨更是明顯地在咬牙切齒。

「很像反魔法師團體會有的推論。」

一年級的學弟妹努力地控制自己的情緒。達也在內心給他們打上高分，同時以挖苦語氣述說感想。

「哥哥，難道警方裡有『人類主義者』之類的反魔法師團體……？」

深雪這句話引得七草姊妹、琢磨與水波露出驚訝表情。

「不，這倒不可能。如果真的有這種事，『偵訊』會做得更露骨。」

達也回憶起在京都嵐山擊退周公瑾同夥道士操縱的古式魔法師時，討厭十師族的刑警在偵訊時死纏不放的情景，否定了深雪的擔憂。

深雪與一年級學弟妹們聽到這段話，似乎也暫時放心了，但克人揚起的眉角與睜大的雙眼中依然殘留著意外感。

「司波，我記得你們不是兄妹，而是表兄妹吧？」

深雪的慌張還沒顯露在外，達也就笑著回答這個問題。

「喔，深雪為何叫我『哥哥』是嗎？因為我們到不久之前都以為彼此是兄妹……實在很難立刻改口。」

「原來如此，我想也是。」

克人的疑問得到解答了。與其說是克人容易被騙，應該說是達也的語氣與舉動過於自然吧。不會因為說謊就抱持罪惡感或快感的態度，可說是個道地的騙徒。

「咦，老哥？」

不知道該說時機好還是運氣好，多虧香澄在這個時候開口，令克人轉移了注意力。

「是智一先生嗎……」

對方似乎也發現了香澄與泉美，朝這裡揮手。克人看著這名青年，輕聲說出他的名字。

「司波，你還要問別的問題嗎？」

「不，沒有。」

「七寶呢？」

「不，我也沒有。」

克人接連詢問達也與琢磨，在聽到回應之後點頭。

「那麼，我就在此告辭了。」

克人走向接近這裡的青年。

「深雪學姊、司波學長。」

接著，泉美向達也他們開口。

「哥哥似乎過來了，所以也容我們告辭。我們晚點應該會和哥哥一起回去，所以請不用為我們操心。」

「司波學長、會長，告辭了。櫻井同學，再見喔。」

泉美說完，香澄也朝達也等人行禮，向水波揮手。雙胞胎姊妹跟在克人身後，前往名為智一的青年身邊。

「哥哥，那位是泉美她們的……？」

目送她們背影的深雪隨即詢問達也，進行確認。

「嗯，那是七草智一先生。是七草家的長子。也是泉美她們同父異母的哥哥。」

「這樣啊……」

深雪語調中會暗藏著得以解惑的味道，是因為香澄稱呼「老哥」及泉美稱呼「哥哥」的音調，隱約有種冷漠的感覺。

「話說哥哥，剛才那個話題……」

「喔，是說警方有沒有被反魔法主義汙染嗎？就如我剛才所說，我認為不用擔心。」

達也搶先回答深雪的問題。

「反倒是被汙染的話，事情還比較好處理。」

他嘆息著補充這一句。

「……我認為不限於反魔法主義，只要警察的思想有受到汙染，都是不得了的事啊。」

深雪頭上冒出問號，仰望達也。

「如果部分警察受反魔法主義感染，那將這些警察『處理』掉就好。」

達也回答時的表情，隱隱透露出他內心想像的嚴重事態。

「但不需要由我們下手。只要放出情報，警方應該會動員處理。」

「雖然不可能會這樣……但如果警官之中，敵對魔法師的派系占多數，那該怎麼做？」

「什麼都做不了。」

深雪反問完，達也露出厭惡表情搖頭。

「只要對抗魔法的科技還沒確立，警方同樣需要利用魔法師來面對『魔法』這個現存的威脅。所以政府應該會在妳說的狀況發生之前採取行動，不過……」

「我說的狀況可能不會發生嗎？」

面對達也支支吾吾，深雪以難掩不安的語氣繼續詢問。

「思想沒偏向任何一方的刑警認定這次恐怖攻擊責任在十師族身上，才是事態嚴重。」

達也沒直接回答深雪的問題，而是將話題拉回數個階段之前。

「因為如果思想中立的刑警這麼認為，就代表思想中立的市民也很可能這麼認為。」

達也看向真夜。

十師族的當家們依然受到警方包圍。

「媒體對這個事件的報導方式，應該會大幅改變輿論風向吧。而且很遺憾的，應該會有很多媒體以『魔法師害得一般市民犧牲』這個論調報導……」

達也的視線從警察圍成的人牆移向救護車行列。重傷患似乎都送醫了，但還有十幾名傷患。看來死亡人數也不會低於十人。

「發動恐怖攻擊的責任在恐怖分子身上。不過就算世人目前的想法和我一樣，要是電視或網路反覆灌輸『殃及市民的魔法師也有責任』的觀念，應該有不少人會相信這種說詞吧。」

「我們魔法師明明也一樣是日本國民……」

深雪哀傷地低頭看向下方。

「不過……」

但深雪沒有就這樣一直低著頭，證明她不是像自己如夢似幻的外表般軟弱的少女。

「媒體應該並不是都和魔法師敵對。雖然是少數派，不過去年四月也有媒體擁護魔法師的權利與立場。」

就如同深雪所說的，拿魔法師做熱烈討論的去年四月，到了後半也開始出現相反於敵對派的報導。

不過這次有多人傷亡。達也認為這次的狀況比當時艱困。

「是啊。我想師族會議也不會袖手旁觀吧。」

但是達也沒講任何讓深雪不安的話。無論今後悲觀或樂觀以對，會出事的時候就是會出事。現階段深雪或達也都做不了什麼，所以在這裡擔憂事態惡化也沒意義。

「不提這個，既然確定『母親大人』平安，我們就回學校吧。」

達也和克人談過之後已經大致掌握狀況，繼續留在這裡似乎也做不了什麼。達也判斷「當下」不要好管閒事，交給警察與消防隊處理比較好。深雪同意達也的提議，回答「是，哥哥」，水波也默默行禮表示遵從指示。

「七寶，你接下來要怎麼辦？」

「我……還要在這裡多待一下。」

琢磨如此回答達也。

「這樣啊。」

對於這個判斷，達也沒表達贊成或反對。畢竟他沒義務也沒道理照顧琢磨。達也催促深雪與水波，準備離開現場。

「那個，司波學長……」

身後傳來琢磨隱含躊躇的聲音。

「什麼事？」

「剛才您說的……不，沒事。」

但琢磨主動收回說到一半的話語。

琢磨很明顯有所迷惘，但達也只再回應一次「這樣啊」，就背對他離去。

◇◇◇

焚燬的飯店。許多傷患以及死者。

策劃這場悽慘的恐攻的主謀，在距離現場東方約九公里的小田原某間民宅當中「鑑賞」著這一幕。

自爆攻擊以顧傑設想之中損失最少的形式成功了。

設置在市區各處的偵測器沒有捕捉到爆裂物。雖說是舊型，但不愧是USNA軍正式採用過的武器。只要距離夠遠，爆裂物的護罩依然對現行的爆裂物偵測器有效。

他以屍體操作魔法「殭屍術」操作的人肉傀儡沒被感應器偵測到。在飯店也沒人叫住。

顧傑沒有嘲笑警備鬆散的意思。他認為日本市區的維安等級，絕對不輸給他投靠到上個月的USNA。是自己技高一籌。他如此認為，並且感到滿足。

雖然沒能讓十師族任何一人受到半點小傷，不過這部分正如他的預定。顧傑不是不服輸，而是一開始就預測到，區區的步兵用攜帶式飛彈彈頭應該傷不了他們分毫。

正如預定，十師族自保了。只保護自己，對他人見死不救。玩弄死亡的魔法師顧傑偵測到的死亡人數超過二十人。再加上傷者，應該不下五十人吧。

有這麼多人被十師族殃及。

顧傑想告訴日本人這一點。

十師族為了讓自己活下來，不惜拋棄你們日本人。

你們日本人是被十師族害死的。

十師族，以及四葉家，將會被日本人憎恨，在日本失去容身之處。

如同我昔日在祖國大漢失去容身之處……

顧傑露出充滿邪惡的愉悅笑容，起身準備離去。他的腳邊，躺著屋主與其家人的屍體。

◇　◇　◇

STARS的第二把交椅——班哲明．卡諾普斯少校，在ＵＳＮＡ大使館的某房間收看箱根恐怖攻擊事件的實況轉播。

他纖瘦又精悍的臉孔，被難過的表情點綴著。雖然是他國人民．非戰鬥人員成為恐攻犧牲品的光景依然令他忍不住心痛與憤怒。

嚴格的兵民分離制度，並基於此制度規定保護非戰鬥人員。卡諾普斯相信遵守這種古典的交戰法規是光榮的軍人應有的態度，而經常隱瞞軍人身分祕密行事的STARS任務，其實違反了他自己的信念。他經常對此感到糾結。正因如此，他才暗自決定絕對要極力避免殃及非戰鬥人員。

可以的話，卡諾普斯想阻止黑顧（顧傑）的恐怖攻擊。即使會害「預定廢棄的武器失竊」的自家恥辱曝光，他也想和日本當局合力阻止恐怖攻擊，避免市民犧牲。這是他的真心話。

但他不被允許這麼做。兵器失竊的事實禁止透露給日方。為了隱瞞這個事實，也禁止和日本軍方或警方合作。

卡諾普斯身負的任務是暗殺黑顧。附加條件是不能在暗殺過程中，讓日本當局得到批判ＵＳＮＡ侵害主權的理由。將黑顧引到公海滅口。上級指定這是最佳結果。

要說他「連骨子裡都是軍人」，思考模式又未免太務實了。但他明白身為軍人，就必須服從命令。他知道軍人一旦跳脫命令，就會淪為私下動粗的暴徒。

目前還不能淪為暴徒，要以軍人身分完成任務。卡諾普斯如此下定決心。

◇◇◇

總算從警方偵訊解脫的十師族當家們，以將輝搭乘過來的直升機前往魔法協會關東分部。剛才分頭行動的克人當然也同行。此外，除了將輝當然不在話下，同行的還有香澄、泉美、她們的哥哥暨弘一的長子智一，以及琢磨。

抵達魔法協會的當家們進入協會的會議室，將輝、香澄、泉美、智一、琢磨則在另一個房間等候。即使事出突然，協會依然準備了圓桌。當家們圍著圓桌坐下，在面面相覷之後一起看向最年長的二木舞衣。

「我們就別用毫無意義的開場白浪費時間吧。關於這個緊急事態該如何應對，我想徵詢各位的意見。」

承受九人視線的舞衣，依序看向列席的每個人。

她的視線繞圓桌一圈之後，落在坐於正前方的弘一身上。

「應該很難壓住媒體的報導吧。」

十師族之中最擅長對付媒體的弘一，說出悲觀的預測。

「現階段就有十六人死亡。包含還沒發現的人，最終死亡人數應該會超過二十人。這樣的犧牲人數足以煽動輿論朝歐斯底里的方向進行。」

「但我們也不能袖手旁觀吧？」

和弘一之間隔著一人的五輪勇海如此反駁，但他的聲音中沒有氣勢。

「不，暫時靜觀其變比較好吧？要是太急著暗中滅火，可能會被大眾看透，到時候將引發更多無謂的反彈。」

三矢元提出消極的論點。

「說得也是。再說，我們也是受害者，沒有什麼好澄清的。因為焦急行動而被追究一些無關緊要的底細並非上策。」

八代雷藏同意這個看法。

「可是，不表態只會被單方面當成壞人。事情不只是會影響到我們，所有魔法師都可能遭到白眼。」

「我也贊成一条閣下的意見。我們當然不能做得太過火，招致反感，但不表態也不是好事。我們不抵抗，只會逐漸被對方逼入絕境。」

剛毅與六塚溫子主張應該積極處理。會議才剛開始，卻早早洋溢起決裂的氣氛。對此蹙眉的舞衣催促還沒發表意見的人開口。

「十文字閣下的想法如何？不用客氣，請發言。」

克人朝同桌而坐的眾人簡單點頭致意。

「操控媒體應該沒用吧。這一點我贊成七草閣下的意見。」

接著他以果斷得出乎預料的語氣這麼說。

「您的意思是什麼都別做比較好？」

雷藏露出感到意外，卻也覺得有趣的表情詢問。

「不。」

克人沒有搖頭，就這麼看著雷藏回答。

「我認為應該別耍小伎倆，直接光明正大主張我們的立場。具體來說就是由魔法協會發表聲明，批判這場恐怖攻擊。」

「原來如此。」

雷藏以一副被放冷箭般的表情點頭。看來他只顧著找後門鑽，忘了可以使用正攻法。

「我認為十文字閣下的提議是很務實的應對方式，需要檢討可行性。」

七寶拓巳贊成克人的方案。

「啊，我也認為透過魔法協會發表聲明是上策。」

雷藏微微舉手這麼說。

「八代閣下不是認為不用澄清嗎？」

溫子如此消遣他。

感覺不太莊重的這段發言使得剛毅蹙眉，但當事人雷藏聽完便一笑置之。

「四葉閣下認為呢？」

溫子也不在意雷藏這種不痛不癢的態度。她立刻面向真夜，徵詢意見。

真夜不是看向溫子，而是看向坐在溫子身旁的弘一，緩緩張開朱唇。

「我認為沒必要選擇怎麼做。不是嗎，七草閣下？」

「確實是這樣。」

弘一面不改色地點頭回應真夜這段也像是在挑釁的話語。

「我們當然應該透過魔法協會發表聲明。但我認為不只要批判恐怖攻擊，還要宣布全面協助緝凶。」

弘一環視圓桌，確認無人反對之後繼續說：

「當然，媒體那邊也應該繼續操作。」

「不過我們很難壓住媒體。七草閣下，這不是您自己說的嗎？」

元如此指摘，弘一露出陪笑的表情，同意這段說法。

「是的。今後應該無法避免世人認為魔法師要負責的聲浪高漲吧。但是什麼都不做實在並非上策。雖然魔法師也要負部分責任，不過依然是恐怖分子的錯。我認為必須將媒體的論調引導到這個方向。」

元沒接受這個回答。

「能這麼順心如意嗎？反魔法師的輿論一旦形成，就很難推翻。」

「敵視魔法師的風潮應該會演變成長期趨勢吧。不過只要讓市民對於恐怖分子的敵意更強，對於魔法師的反感就會相對緩和。我們親自逮捕恐怖分子展現『負責』的誠意，應該就能順利轉嫁敵意。」

「意思是應該由我們親自逮捕恐怖分子？不過這麼做的風險很高。」

此時剛毅介入弘一與元的議論。

「我們十師族需要統合軍令部許可，才能在檯面上行動。雖然這是沒有經過國家正式立法的潛規則，不是正式的許可，不過考慮到我們和政府的關係，就不能忽略這道程序。」

「一条閣下認為很難得到統合軍令部的許可是吧？」

弘一回應之後，剛毅說「不只如此」，搖了搖頭。

「要是我們出面緝捕主謀，卻眼睜睜看著第二次、第三次恐怖攻擊發生，十師族的權威將會掃地。這不只影響我們，想必世間反對魔法師的風潮也會因此倍增。」

「可是，也不能放任恐怖分子逍遙法外。」

在座眾人以驚訝神情回應真夜這句發言。被她當面這麼說的剛毅目瞪口呆。

「為了阻止連續恐怖攻擊或是模仿犯，我認為必須賭上我們十師族的面子，逮捕或者是處決主謀。」

除了講出這番話的當事人，沒人想到真夜居然會支持弘一。

「不過，我也能理解一条閣下的擔憂。」

「……這話是什麼意思？」

疑惑地看向真夜的不只是剛毅。弘一墨鏡底下的眼神也朝真夜投以相同視線。

「意思是我們直接參與搜索並非上策。雖然世人對我們沒抓到凶手時的評價也是問題，不過更重要的是提高警覺，防止恐怖攻擊再度發生。」

「意思是我們應該著重於阻止新的恐怖攻擊？」

真夜點頭說「是的」回答舞衣的提問。

「那麼，要派誰搜索恐怖分子？」

溫子這句話不是只問真夜，而是詢問以師族會議的立場該如何處理。

「本家會派出達也。」

不過，真夜雖然理解這一點，也依然以四葉家的立場回答方針。

「交由將輝負責吧。」

剛毅如同在較勁般，點名將輝。

「四葉閣下、一条閣下，請稍待。」

不過，各家開始不落人後地要提名自家人的時候，被舞衣開口打斷了。

「四葉家的達也先生與一条家的將輝先生不都是高中生嗎？要揪出藏身的罪犯往往費時，雖然是十師族的職責，但是要高中生長時間犧牲學業，我個人是不以為然。」

舞衣出自常識的論點，使得剛毅無法反駁。

「二木閣下，謝謝您如此貼心，不過請不用擔心。」

但真夜毫不慌張地以微笑回應舞衣。

「相較於擊退看得見的敵人，找出潛逃的對象要花費更多時間。這應該毋庸置疑吧。但即使考慮到這一點，也只要達也接受我們四葉家的支援，就能在一個月內解決恐怖分子。這點小事根本不會影響到學業。」

「可是……」

真夜這番話與其說是有自信，不如說像是在預知未來。這份氣勢震懾了舞衣。

不過舞衣同樣是十師族當家，不會因為懾於氣勢就說不出話。

「達也先生還是高中生，這是事實。即使令郎再怎麼優秀，派他到校外緝捕恐怖分子，給外人的印象還是會很差吧？」

真夜以微微一笑回應舞衣這番話。這張笑容意味著「現在才講這種話也太晚了」。

二〇九五年四月發生的第一高中恐怖分子襲擊事件的詳情已經隱瞞一年以上，但是大致的原委現已在十師族之間公開。

達也使用的魔法還沒公開細節，不過當時是以達也與克人為中心打倒恐怖分子這件事，是在達也屬於四葉家的事實曝光之後，由十文字家——也就是克人本人告訴十師族各家。

此外，暗殺無頭龍幹部的這件事原本受到保密，不過達也於橫濱事變時在國際會議中心的表現，從當時就已為人所知。寄生物事件也是，即使隱瞞詳情，眾人也知道達也涉入其中。去年秋天除掉周公瑾的那件事，真夜也在昨天親口告知了。現在講「達也是高中生，所以不能讓他涉險」這種良知（常識）論點真的太晚了。

「追緝恐怖分子的行動，可以由本家的智一負責指揮嗎？」

陷入輕微膠著狀態的議場氣氛，由弘一撼動了。

「我的大兒子已經畢業，工作也可以空出方便的時間。此外，無論恐怖分子躲在哪裡，事發現場的箱根附近應該會有線索。而且關東、伊豆區域是由十文字家以及我們七草家負責。」

弘一觀察圓桌周圍成員的反應。

「如果和周公瑾私下串通的我得不到各位的信任，也可以由十文字閣下擔任負責人，智一擔任他的輔佐。」

剛毅和舞衣、勇海和溫子、拓巳和雷藏轉頭相視。他們猜不透弘一真正的意圖。

「……意思是你想藉此贖罪？」

沒能和舞衣或真夜對上視線的元，以試探目光質詢弘一真正的意圖。

弘一以嚴肅表情點頭。

「我當然不認為光是這樣就能取回各位的信任，但我希望當成洗刷汙名的第一步。」

「就這麼做吧。」

真夜沒有看向弘一的臉，直接支持他的計畫。

「畢竟關東是七草閣下與十文字閣下的地盤。既然七草閣下願意扛下這個任務，我認為可以交付給他。」

真夜說完便向舞衣微笑。

「如果各位沒異議，我也想接下這份職責。」

回應這張笑容的不是舞衣，是克人。

「您需要的話，我會派達也幫忙，所以請不用客氣，需要幫忙就儘管說一聲。」

「感激不盡。我應該也會請一条閣下提供助力。」

「本家當然也會不惜辛勞全面協助。將輝就任由您差遣吧。」

克人朝真夜與剛毅低頭致意，然後看向弘一。

「七草閣下，雖然名義上由我擔任負責人，但實際上的指揮權，我想交給智一先生。」

「謝謝。」

弘一朝著年齡差距如同父子的克人恭敬行禮。

「只不過……」

但克人還沒說完。

「四葉家的達也先生以及一条家的將輝先生就由我指揮。」

弘一只在瞬間稍微犀利地瞇細雙眼。但他在室內也戴著墨鏡，令旁人看不到這個變化。

「我不知道您的意圖，但我不在意。」

弘一朝克人大方點頭。

這次換克人以穩重態度向克人行禮致意。

「那麼，我們就透過魔法協會發表聲明批判恐怖攻擊，並且由十文字閣下擔任負責人，以七草閣下為主力搜索恐怖攻擊的主謀。各位同意這樣的方針嗎？」

舞衣徵詢眾人的意思。

對此，雷藏微微舉起手，想要發言。

「我不反對這個方針本身，不過說起來，主謀真的在日本嗎？」

雷藏表示主謀可能是從國外操縱屍體。

「肯定沒錯。」

不過剛毅斷然否定他的想法。

「操縱屍體的魔法，並不是在事前寫入既定動作的術式。至少在執行的時候是遙控進行。要對那麼多具人體下指令，應該得躲在很近的地方。」

「『很近』是多近？」

勇海問完，剛毅在思索片刻之後開口。

「這也要看術士的實力，但最遠是半徑十公里。」

然後又像是想起來般補充：

「前提是對方的魔法技術沒超過我們想像的範圍。」

「思考這種可能性也沒用吧。」

剛毅身旁的克人回應。

「如果對方是超出我們常識範疇的魔法師，就算他在國內，我們也不可能抓得到。」

「說得也是。我贊成剛才的方針。」

雷藏重新表明支持舞衣統整好的計畫。

以此為開端，眾人接連出聲贊同。

◇◇◇

決定方針之後，在預料之外（的場所進行的）師族會議結束了。

各當家立刻前往根據地加強戒備，以免第二波恐怖攻擊發生在自己的家鄉或責任區。

雖說是「責任區」，不過舉例來說，像是一条家就無法鉅細靡遺地監視北陸、山陰地區，六塚家也無法事前阻止使用魔法的歹徒在東北地方犯罪。十師族的「責任區」，是指事後調查與處理時的責任分擔。

防範恐怖攻擊是警察的工作，十師族只不過是站在協助的立場。但為了建構、維持圓滿的互助體制，當家絕對不能離開責任區——即使是像四葉家那樣，以不為人知的形式暗中協助（出手？）的狀況也一樣，要是當家不在家會出問題。

各當家趕著回去，是基於這樣的隱情。

一条剛毅目前也在將輝的陪同之下，搭直升機前往金澤。

「將輝。」

從魔法協會關東分部的停機坪起飛，朝西北西的方向飛行時，剛毅呼叫兒子。

「是。」

將輝從語調理解到這不是父子的對話，是當家與繼承人的對話，因此鄭重回應。

「我要說明師族會議對於本次恐怖攻擊的方針。」

「是。」

「十師族將透過魔法協會發表聲明批判恐怖攻擊，同時搜索恐怖攻擊主謀，加以逮捕。搜索的負責人是十文字閣下，七草閣下的長子七草智一負責輔佐。」

「我們一条家負責什麼工作？」

「十文字閣下以外的十師族當家負責防止恐怖攻擊再度發生。將輝，你受命在十文字閣下底下追捕恐怖分子。」

「是。」

將輝在將背脊挺得更直之後回應。浮現在他臉上的不是緊張，而是興奮的神色。他認為搜索、逮捕恐怖攻擊主謀是光榮的任務。

「應該會要你暫時向學校請假吧。我會找校長通融，以公假處理。」

「知道了。」

將輝很捨不得他的校園生活。老實說，他不想請假。但十師族的責任與義務在他內心的份量更重。

將輝的表情已經變得非常嚴肅，但剛毅接下來這番話使他更顯認真。

「四葉家的司波達也將會和你一樣，加入十文字閣下的旗下協助搜索。將輝，展現出你的志氣吧。」

「是！」

將輝展露鬥志，很有氣勢地回應。

◇ ◇ ◇

驚濤駭浪的二〇九七年二月五日即將結束。

趕到箱根恐攻現場的達也與深雪（還有水波），如今也在自家休息。

真夜平安無事讓達也暫時放下心中的石頭，但是對於魔法師來說，明天之後預料將面對嚴苛的反彈聲浪。但達也無法否認自己依然有種置身事外的感覺。

對於恐怖攻擊，他也和「常人」一樣感到憤怒。

對於犧牲者與遺族，也和「常人」一樣覺得哀悼與同情。

然而深雪沒成為目標令他鬆一口氣，也是事實。

達也不打算主動解決這次的事件。在他心中，依然只有深雪重要。之所以關心真夜的安危，也只是因為現階段對於深雪來說，有真夜在會比較方便。

雖說第一高中在他心中的優先順位低於深雪，但要是學校遇襲的話，達也應該同樣不會坐視不管。

但除此之外——比方說，即使本次的師族會議成為目標，也不構成達也主動出擊的理由。只要沒收到命令。

達也將恐怖攻擊的事情完全趕出自己的腦海，在深雪房間教妹妹應用魔法學的功課時，一道電話鈴聲令他抬起頭來。但深雪還沒按下通話鍵，話機的標示就切換為「通話中」，應該是水波接電話了。看來這通電話不是打給深雪的專用號碼，而是家用的共通號碼。

達也正要將移開的注意力移回課業時，電話又響了。是轉接的鈴聲。

「喂？」

深雪按下通話鍵，朝麥克風回應。

『深雪大人，當家大人打電話給達也大人。』

揚聲器中傳來水波的回應。

「知道了。我到客廳接。」

達也在如此指示水波的同時起身，連納悶「當家為何打電話來」的時間都省了，立刻前往一樓。深雪當然也緊跟在後。

「『姨母大人』，讓您久等了。」

水波沒使用電話的保留功能繼續應對，而達也到場後便朝視訊畫面打招呼，低頭致意。達也在外人在場的時候會稱呼真夜「母親大人」，但若只有自家人在場，就依然是「姨母大人」。此外，其實水波還沒得知「真夜與達也不是母子，是姨母與外甥」這個真相，但達也相信她不會對外人多嘴，將她當成自家人。

『我才要說，抱歉這麼晚打給你。』

「沒關係，我還在念書。」

達也老實的回答逗真夜笑了。

『原來達也也要念書啊。』

這不是假笑。真夜似乎是真的很愉快。

「別看我這樣，我也是高中生，所以必須勤於向學。」

達也正經地回答，等待真夜進入正題。

『……學生的本分確實是用功讀書。很遺憾沒辦法讓你專注向學。』

真夜打從心底感到愉快的笑容變成一如往常的假笑，從畫面另一頭注視達也。

達也自然挺直背脊，準備聆聽命令。

『達也，我要派你負責逮捕今天恐怖攻擊的主謀。』

「逮捕？不是殺害？」

『喔，是我的形容方式不當。我要你找出恐怖分子，癱瘓其戰力，不問生死。』

「遵命，姨母大人。」

達也併攏腳跟行禮。他預先想好要使用平民禮儀，所以沒有反射性地做出軍式敬禮動作。但他不是回答「知道了」，而是「遵命」，看來也並非完全沒受到獨立魔裝大隊的影響。

不過，即使他做出軍式敬禮動作，真夜應該也完全不在意吧。

『搜索是師族會議的決定。負責人是十文字閣下，不過主力實戰部隊會由七草家派出。』

「那麼，我也要納入七草家的指揮嗎？」

『不。十文字閣下要求你納入他的指揮。』

真夜在這時候扔下炸彈。

『我說的「十文字閣下」是克人先生喔。十文字家在這次的師族會議改朝換代了。』

不過這幾乎是未爆彈。

「這樣啊。」

『哎呀，你沒有嚇一跳？』

「因為我在獨立魔裝大隊聽說過，十文字學長……更正，十文字克人先生從前年就是十文字家實質上的當家了。」

『哎呀哎呀……看來國防軍也不能小覷呢。還是說，這是那位小姐的實力？』

真夜說的「那位小姐」是藤林響子。真夜知道響子的別名「電子魔女」的真正意義。

而且她毫無鋪陳地就扔下第二顆炸彈。

『而一条將輝也和你一樣，要在十文字閣下的指揮之下搜索恐怖分子。』

「您說一条同學？」

這個炸彈對於達也來說只是老鼠炮程度的威力，但是對於待在他身旁的深雪，卻造成了明顯效果。

「恕我失禮了。」

深雪為剛才不檢點的大喊臉紅，害羞地請求原諒。

『沒關係，因為妳會吃驚也是難免。』

畫面裡的真夜大方原諒。

雖然不是因而得寸進尺，但深雪就這麼對真夜說出了內心浮現的疑問。

「離題請教一下，學業怎麼辦？既然由十文字大人指揮，那搜索地點就是關東吧？我不認為一星期左右就能解決……」

真夜在畫面另一邊朝深雪嫣然一笑。

『我們不打算花太多時間，因為已經知道該癱瘓的對象其姓名與身分了。』

達也對此也嚇了一跳。不是因為真夜已經知道主謀的真面目，而是因為真夜明知有人要發動恐怖攻擊，卻任憑對方搶先得逞，令達也感到驚愕。

『主謀的姓名是顧傑，英文名是紀德·黑顧。對外身分是大漢出身的無國籍難民，前崑崙方院成員，似乎在崑崙方院毀滅之前就逃離了。外表年齡五十多歲，黑皮膚白頭髮。不過這部分想怎麼改變都沒問題。』

真夜說明的人物外型，和莉娜提供的情報一致。達也覺得出處大概相同。

「知道長相嗎？」

『沒查到這麼清楚。』

達也認為這樣等於沒線索。真夜說已經知道對方姓名與身分，但姓名要怎麼改都行。預料能在短時間內完成搜索，應該是過於樂觀了吧。

達也這個想法沒顯露在臉上，不過深雪露出了困惑表情。

『深雪，不用這麼擔心沒關係的，我們會「占卜」出大致的潛藏地點。』

看來四葉家旗下的魔法師中，有人擁有連達也都不知道的「時間回溯」或「殘留思念追蹤」（接觸感應）等感應系魔法。達也如此解釋「占卜」這個詞。黑羽家異常的諜報能力也是，若想成有這種魔法在背後撐腰就說得通了。達也再度體認到四葉家還有很多他們不知道的祕密。

但現在不是想這件事的時候。

『之後才由達也出馬。只要你以「那雙眼睛」認知當事人一次，他就逃不掉了吧？』

「不過周公瑾那時候差點讓他溜走……總之我會盡棉薄之力。」

達也將注意力集中在真夜以疑問句下達的命令，朝畫面恭敬行禮。

◇　◇　◇

和達也通話完畢的真夜，一改打電話時穩重大方的表情。

葉山一如往常在她身後待命。

真夜以鮮少露出的嚴肅表情，轉身看向心腹老管家。

「葉山先生，查到線索了嗎？」

「夫人，還沒有。」

「是喔。」

葉山恭敬回答，真夜以透露不耐煩的聲音回應。和達也講電話時，或在十師族當家們的面前時，她都沒有露出這種態度。

面對主人的態度，葉山沒說「別慌」這種話。因為真夜應該也知道死者的記憶不會短短三四天就消失。

「夫人，您後悔沒活用巴藍斯上校提供的情報嗎？」

葉山沒勸主人稍安勿躁，而是詢問為何產生焦慮。

反射性地差點想反駁的真夜，嘆出長長的一口氣。

「……對葉山先生逞強也不是辦法。」

真夜收起不耐煩的情緒，改掛透露出疲憊的笑容。

「我不甘心即使事前收到警告，依然被敵人搶得先機。」

她會如此疲勞也是當然的。師族會議原本就不容鬆懈，還在第二天發生自爆恐怖攻擊，避難之後又接受警方偵訊，又轉移陣地開會討論對策。

真夜是卓越的魔法師，但身體和常人沒有兩樣。她的年輕不只是表面，身體內部也維持和外表相符的青春活力。即使如此，她的體力也只不過是三十歲前後，除了維持美貌與健康就沒有特別鍛鍊過的女性。

「夫人，屬下理解您的心情，但是事情已經發生，百般苦惱也無濟於事。即使是四葉家，也不是萬能的。」

生理疲勞造成心理活力降低，是身體要求休養所發出的訊號。若是當事人沒有自覺，就必須由他人清楚點醒。

「……也對。雖然不想花太多時間，但這不是一兩天能解決的事。我今晚就先休息吧。」

幸好真夜的精神狀態沒有惡化到無法認知自己必須休養。

「發生什麼狀況的話，請在明天早上告訴我。」

「請交給屬下吧，夫人。」

葉山恭敬鞠躬，目送真夜離開書房。

〔7〕

恐怖攻擊隔天的二月六日。

這天從天亮之前就一直下著小雨，但達也一如往常地前往九重寺。

接受門徒的粗魯歡迎也是一如往常。

然而來到八雲面前之後，達也做出了和以往不同的行動。

「要我傳授鬼門遁甲的破解方法是嗎……」

達也接受八雲的指導，不過老實說，他不是八雲的徒弟。

也沒給八雲酬勞當成謝禮。

八雲基本上只是陪達也練武，剛開始是因為受風間所託，最近則是因為達也的實力和八雲同等，對於八雲來說也是很好的練習對手。

寄生物事件當時，八雲協助研發想子彈，是因為他不能坐視這個事件；而在寄生人偶事件提供助力也是基於相同理由，因為彼此的利害關係一致。

之所以偶爾協助調查，是因為這是八雲的嗜好，他自己也能樂在其中。

之所以出借寺廟的地下設施，是因為那裡對於八雲來說沒有價值。

「達也，我至今對你進行過各方面的指導，卻沒傳授過術法。我想你明白箇中意義吧？」

「明白。因為我不是九重寺的門徒。」

八雲投以冰冷的視線，達也以機器般的目光回應。他確實清楚自己和八雲的關係。用不著八雲明講，他也知道自己沒資格要求學習術式。但他依然刻意要求八雲傳授鬼門遁甲的對策，是因為他被迫必須這麼做。

任何東西被達也「看」過一次就逃不掉。真夜是這麼說的，但達也自知這是高估。實際上，他無法只以自己的能力破解周公瑾的鬼門遁甲。要不是周公瑾和名倉三郎戰鬥過，他應該會逃離達也的追捕；要不是名倉三郎以自己生命為代價留下了鮮血刻印，達也就無法破解周公瑾的鬼門遁甲。

莉娜與真夜都沒有明講，但不難想像顧傑應該是周公瑾背後的人物。顧傑是「Blanche」與「無頭龍」的幕後黑手這件事，是「七賢人」雷蒙德·克拉克所直接告知的（雖然是預錄的影片）。既然這樣，為「Blanche」與「無頭龍」牽線的周公瑾，肯定是顧傑的屬下。

師父不一定總是比徒弟優秀。徒弟實力勝過師父的情況，也絕對不稀奇。但若認為顧傑做不到周公瑾做得到的事，那就不只是樂觀，而是太天真了。達也認為至少應該準備對策。

八雲不知道是否看透了達也的內心，語氣冷漠。

「沒錯。你不是僧人，也不是忍者。對於我這個忍者來說，你始終是個外人。我不能將祕術傳授給外人。」

「魔法以外的破解方式，也在保密義務的範圍內嗎？」

「保密義務」這個現代風格的說法，令八雲露出苦笑。但他放鬆表情的時間非常短暫。

「只要不是傳授祕術，就不算觸犯禁忌啦……總之，你想知道如何不以魔法來破解遁甲術，是嗎？」

八雲的眼神如同看透到內心最深處，但達也毫不畏懼地面對他的雙眼。

「如師父所知，我的魔法天分明顯偏頗。說來遺憾，即使您傳授高階對抗魔法，我應該也無法精通吧。」

「我不這麼認為就是了。如果是依循現代魔法原理的術法，你確實駑鈍。不過說到『意氣』的操作，以你這個年紀來說已經堪稱高手。我認為你反倒適合學習古代祕術。」

「但我認為古式魔法的運作原理和現代魔法相同。」

「如果是改寫事象之類的魔法，古代魔法與現代魔法在本質上都一樣。不過從我們的立場來看，並不是只有改寫事象的技術才叫作『術法』。隱藏在武術裡的機密奧義大多不是改寫事象，而是以『意氣』來壓制、操控、截斷或破壞『波』與『流』。」

「……師父說的『意氣』是想子流嗎？『波』是想子波動……『流』是想子路徑？」

「喔～你學得不錯呢。大致就是這樣。」

八雲微微睜開的雙眼帶著詭異光芒。

這一瞬間，達也誤以為自己被扔進無天無地，卻也和無重力空間性質不同的無方向空間。

「對於我們來說，操控『意氣』的技術也屬於祕術。而且破解鬼門遁甲的術法，正是以『意氣』的操作為基礎。」

八雲的聲音，從四面八方壓迫著達也的身體。

沒有用來踩穩腳步的立足點，就無法隨心所欲地攻擊或逃走。

不知道對方位於何處，就無法隨心所欲地迴避或防禦。

達也看得到八雲。但是在不能信任己身五感的現狀，應該做不出有意義的抵抗吧。

在這種時候，自己對八雲的信賴程度一點都不重要。

眼前的對手掌握自己的生殺大權。

達也全力壓制這份強烈的危機意識，將注意力集中在自己的軀體、自己的體內。

血液一如往常地流動著。和使用飛行魔法時感受到的自由落體狀態不同。相對於重力，頭在上、腳在下。達也不是以神經脈衝，而是以想子訊號掌握全身，破解無方向空間的錯覺。

重力對身體產生作用的體感逐漸回復。

雙腳踩穩地面，頭頂朝天。

「師父，剛才那是……」

「我什麼都沒教喔。哎呀哎呀，我真沒想到你可以自己破解剛才的幻術。」

八雲一臉假惺惺的表情，如同隨時會撇頭吹口哨。

「連風間都沒辦法第一次就成功掙脫呢。」

「剛才那是鬼門遁甲的術式嗎？」

八雲的態度看似想以閒聊轉移注意力，但他聽到達也當面詢問，就很乾脆地回答：

「不是喔。鬼門遁甲是布『陣』的術法。剛才那個只是針對個人的幻術。」

八雲說完，就露出調皮孩子般的表情笑了。

「不過，連我也很難直接讓你中幻術，所以有加了一點小技巧。」

八雲沒說明自己使用的技巧。達也想詢問，不過八雲接下來這番話引開了達也的注意力。

「就某種意義上，這或許可以說是『鬼門遁甲』這個術法成形之前的原始型態。」

八雲如同順便透露的這番話，達也解釋成是自己剛才提出「請傳授鬼門遁甲的破解方式」這個委託的答覆。

達也不知道剛才的幻術是以何種機制作用在自己身上，但既然那是鬼門遁甲的原始型態，以剛才破解的方向思索對策就應該不會有錯。那麼，接下來只需要透過自我鍛鍊習得方法就好。

「——師父，謝謝您。」

「就說了，我什麼都沒教。不提這個，開始對打吧。」

八雲催促達也進行一如往常的「體術」修行。

「請多多指教。」

達也行禮回應這句話，一如往常地擺出架勢。

◇◇◇

雖然發生些許意外，但達也完成了每天和八雲的對打訓練，回到家中。

接下來則是正常上學。雖然真夜派他追捕恐怖分子主謀，但現在是等待情報的階段。

然而，他的日常只撐到午休時間來臨。

深雪與穗香的冷戰狀態已經解決，達也等人再度得以齊聚在餐廳吃午餐。今天也由深雪、穗香、雫確保座位，其餘成員過來集合。

他們開始用餐沒多久，餐廳的大螢幕就開始播映電視的插播新聞。

「恐怖分子的犯行聲明？」

幹比古蹙眉低語。在這段時間，主播也在朗讀聲明。

——昨天襲擊箱根的恐怖攻擊，是由我們策劃的。

——我們是聖戰士，要從這片大地清除「魔法」這個惡魔之力。

——昨天的攻擊目標是這個國家的魔法師首領「十師族」。

——但是卑鄙的十師族以平民為擋箭牌撿回性命。

——我們今後也將繼續戰鬥，從自稱魔法師的突變種手中解放人類。

——只要日本人不驅逐魔法師，犧牲者就會持續增加。

以華麗詞藻粉飾的聲明，簡單來說就是以上的內容。

接著，主播告知了昨天炸彈恐怖攻擊的傷亡狀況。

下榻該飯店的客人共八十九人，其中二十二人死亡，三十四人輕重傷。

平安無事的客人共三十三人，其中二十七人是魔法師。

主播補充說明死傷者中沒有魔法師，總結說要是他們沒有爭先恐後逃走，而是以救助人命為優先，或許能讓傷亡人數降到更少。

「為什麼非得把別人的命看得比自己的命還重啊？」

艾莉卡朝著畫面中報導政治家評語的主播扔下這句話。雖然對電視抱怨也沒意義（餐廳螢幕沒有雙向通訊功能），但應該是心情上讓她忍不住這麼說吧。

「某些狀況下也會因為地位或職業，必須以別人的生命為重就是了。不過講得好像無條件又理應這麼做，確實讓人不舒服。」

幹比古難得講重話顯露厭惡感，也是因為無法忍受主播不講理的說法。

「自爆的恐怖分子有將近五十人吧？面對這麼多人要怎麼防止被害啊？他們是不是以為十師族是萬能超人之類的啊？」

主播不經深思的評語令雷歐傻眼。

「受災的時候必須互助，但是要求把別人看得比自己還重，是將理想強加於人。剛才的說法等於應該看重的人命不包含魔法師的性命。」

達也並非僅止於消遣，而是以毒辣語氣批判。

他們大概沒有其他想補充的話了，就這麼繼續聆聽新聞的後續。

政治家的發言盡是在譴責恐怖分子。要是在這時候出言抨擊十師族，從結果來看等於是贊同恐怖分子的主張。看來平常對魔法師採取批判態度的政治家，在剛發生恐怖攻擊的這時候也是不得不自重。

不過，如同新聞主播剛才所說的那種主張錯誤正義感的論調，今後應該會持續增加吧。到時候，討厭魔法師的政治家肯定會樂於搭這趟順風車。想到去年四月那種事情可能再度上演而感到憂鬱的人，並非只有達也。

◇ ◇ ◇

這天晚上，達也受邀來到十文字家的宅邸。

雖說是宅邸，也只是大一點的現代風格建築。比達也家大，卻完全比不上雫家。但庭園寬敞到不像是東京的住家。

「歡迎。進來吧。」

達也按下門柱上的門鈴，克人就親自出來迎接。達也已經從真夜那裡得知他繼承了十文字家的當家地位。當家親自出來迎接，究竟是把達也視為重要人物，還是單純因為幫傭不多？達也難以判斷。但他立刻又覺得這種事不重要，將這個疑問放在一旁。

「打擾了。」

玄關也一樣，除了寬敞以外，並未特別豪華。寬度也大概是獨棟住宅玄關平均寬度的兩倍，而且沒有顯眼的擺飾。吸引達也目光的只有整齊擺在地上，推測是年輕女性穿的包頭鞋。

如果公開的資料可信，那麼十文字家的新一代成員應該是長子克人、現在國二的次子、國一的三子以及小五的長女。達也認為大概還有自己以外的訪客。雖然他覺得好像知道是誰，卻沒有拿這個推理詢問克人。

達也在克人帶領之下——應該說，跟在他背後來到會客室。坐在裡面的女性身分正如達也的預料。

「晚安，達也學弟。真準時。」

坐在門側沙發的真由美，轉身朝達也揮手。

「學姊，好久不見。上次見面是十月底了吧。」

「是啊。整整三個月不見？好像很長，又好像很短。」

「站著說話靜不下心。司波，總之先坐吧。」

接受提議的達也坐在真由美身旁。順帶一提，兩人坐的是三人沙發，所以達也與真由美中間隔了約一個人的距離。

克人不是坐在真由美正前方，而是坐在達也對面。

三人都坐好，相視觀察誰要先開口的這時候，某人敲響了會客室的門。

從門後現身的是推測六十歲左右的老嫗。

「請用粗茶。」

她以優雅的動作將茶杯放上茶碟，端到達也面前，並在為真由美與克人換一杯新的茶水之後行禮，離開房間。

「好高雅的女士。」

達也以感慨的語氣說。說到舉止的美感，他的妹妹也不輸人，不過累積數十年鑽研而習得的品格，是深雪還學不來的東西。

「司波、七草，抱歉今天還請你們專程過來。」

克人沒回應達也的低語。

仔細一看，他似乎有點難為情。

達也感覺身旁的真由美差點笑出聲。

「沒關係，因為不是很遠。」

其實達也家和克人家的直線距離超過三十公里，但要是讓真由美就這樣失控，不自在的會是自己跟克人。達也努力想營造出嚴肅氣氛。

這份努力沒白費，真由美似乎也轉為正經態度了。

「既然達也學弟也到了，十文字，可以說明你有什麼事了嗎？」

真由美這個問題也讓克人散發的氣息變了。達也第一次看到克人表情如此緊繃。

「關於昨天的恐怖攻擊事件，我想請你們幫忙。」

克人的要求正如達也預料。但同時也感到意外。

「關於這件事，四葉家的當家也是這麼下令的，所以我當然會協助。」

達也說到這裡瞥向真由美，觀察她的表情。

她以無法看透內心的嚴肅表情，目不轉睛地看著克人。

「可是，為什麼也找來七草學姊？我聽說七草家也有派長子搜索恐怖分子……」

「司波，很抱歉，我沒辦法回答這個問題。」

克人說完，便轉頭看向真由美。

「七草，我對妳的這份委託，不是以十文字家的身分向七草家長女委託，是以朋友的身分委託。所以妳不用考慮家裡的立場，妳沒意願的話可以拒絕。」

真由美輕輕嘆氣。當中聽起來隱含傻眼的感覺。

「十文字，你這樣這是反效果。聽你說是『以朋友的身分』委託，我不就更難拒絕了？」

「唔，這樣啊。抱歉。」

「你看起來完全沒歉意……」

「不，絕對沒這回事……」

真由美投以質疑目光，使得克人畏縮起來。至今沒機會目睹兩人這副「親密」模樣的達也，則是抱持覺得新奇的心情看著這一幕。

察覺到達也視線的克人與真由美，同時輕咳幾聲。

「所以十文字，你想要我做什麼？光是聽你說『想請我幫忙』，我沒辦法判斷。畢竟如果是我做不到的事，我也沒辦法答應。」

「說得也是。」

克人拿起茶杯喝茶，爭取時間整理思緒，思索「表面上」該如何說明。

「這次搜索恐怖分子使用的體制，和常態有些微不同。」

「這我知道。總負責人是你，指揮主力的是我哥對吧？這樣效率不好。我認為現在不是計較各家面子的場合。」

看來真由美知道這次使用這種違反常態的體制，是要讓同樣以關東地區為地盤的七草家與十文字家雙方面子都掛得住。

其實當中另有真正的理由，但克人無法親口告訴真由美。即使對方不是真由美，他也不可能說出「是因為你父親要補償自己的背信行為才變成這樣」這種話。

「沒錯。智一先生和我沒有合作，而是分頭行動的話，難免白費一些工夫。所以我想請妳成為中間聯絡人，傳達彼此的進度與狀況。」

克人沒對真由美的錯誤推測多說什麼，只回答她的問題。

「我不打算對智一先生隱瞞搜查狀況，智一先生應該也不會這麼做吧。不過在搜查過程中，肯定會出現使用機密技術或祕密情報網的場面。以這種方式取得的情報不方便傳達給外人。因為從情報性質推測取得情報的手段，絕對不是不可能的事。」

「原來如此。所以才要我當中間人是吧？因為會出現一些不能讓普通信差知道的祕密。」

「是的。攸關七草家祕密的部分，妳可以自行判斷要不要保密。妳只要提供妳判斷解決恐攻

「你真是開了一個難題給我耶……」

真由美臉上浮現苦笑，語調卻相當認真。克人說他不在乎真由美依照自己的判斷過濾情報，但是因而沒交換到必要情報，讓凶手逃之夭夭的可能性也不是零。這不是能輕易答應的事。

「……知道了。我接。畢竟我確實是最適合這份工作的人了。」

「感謝協助。」

「別介意。這也是家裡的問題。」

老實說，指定真由美接下這份工作，是弘一要求的。弘一沒告知原因，不過克人也隱約察覺到這是要增加真由美和達也見面的機會。

需要有個聯絡人從中調整是事實。不過這樣變成在協助弘一暗算他人，克人內心很過意不去，因此他的態度才會變得過度謙卑，但真由美看起來沒察覺這個隱情。

「所以，具體來說要怎麼做？是不是該向大學請長假呢？」

「這部分我想現在討論。」

克人說到這裡，就看向至今被獨自排除在話題外的達也。

「找到有力線索之前，各位可以自由行動，但我希望唯獨聯絡要私下進行。我想盡量直接見面開會，你們什麼時候方便？可以的話，我希望每天至少確認一下進度。」

「盡量直接見面」也是弘一提供真由美擔任聯絡人的時候強烈要求的。不過，這個做法本身很合理。

「我不在意。」

大概是因為這樣，所以達也看起來也沒察覺這個小小的陰謀。

「這樣啊。」

達也毫不猶豫地回應之後，克人的視線就從他移回真由美身上。

「七草呢？」

「我沒辦法保證每天一定能見面，但原則上這樣沒問題。」

「這就夠了。地點要選在哪裡？」

「如果只有我和十文字，我認為選在魔法大學附近就好，不過……」

真由美說著以眼角餘光觀察達也的臉色。

「沒問題。」

達也再度迅速回答。他不是對兩位學長姊客氣，是因為對於達也來說，地點選在魔法大學也便於行事。

「不過，魔法大學附近有適當的場所嗎？」

雖然只是當面交談，沒使用通訊機器，但還得防範隔牆有耳。選擇普通民宅不太可靠。

「這由我來安排。我想從後天開始交換情報。」

「收到。」

「知道了。請問我要在幾點到哪裡集合？」

「……那就後天晚間六點到魔法大學的正門前面。」

克人稍微思索達也這個問題之後，指定了會合的時間與地點。

如果是晚間六點，只要向學生會請假，先回家一趟再出門也來得及。

「知道了。」

達也在腦中迅速如此計算之後，便同意了。

◇　◇　◇

達也、真由美與克人在東京討論今後方針的時候，一条剛毅則在造訪當地的知名高級日式餐廳。餐點美味這點當然不用說，員工也徹底接受良好教育，是此地政治家經常用來密談的店。

剛毅也每年都會使用這間店接待政治家四到五次。他不擅長這個領域，不過這是十師族的職責，只好當作是在所難免。

不過，今天招待的對象不是政治家。

坐在剛毅面前的女性，是第三高中校長前田千鶴。

「前田老師，今天在您百忙之中……」

「啊～這種拘謹的問候還是免了。也不想想我和你是什麼交情？」

……只聽這樣的遣詞用句，這名女性實在不像是校長，甚至不像是老師，但她無疑是將輝所就讀國立魔法大學附設第三高中的校長。

「……千鶴學姊，虧您這樣還能勝任校長啊。魔法科高中是國家機構喔。」

「剛毅，你好傻。我平常當然裝得有模有樣啊。」

前田校長滿不在乎地回應剛毅的挖苦。

「而且魔法科高中是高級中學，雖說是國立，但也不是國家的軍事機構。」

她露出猙獰的笑容接著這麼說。

剛毅也沒有要將魔法科高中與防衛大學相提並論的意思，卻沒有逐一反駁。因為他自認理解前田對軍方的複雜情感。

前田校長在國防海軍服役到將近三十歲，最終階級是中尉。當時因為和長官鬧出問題（據說是集體性騷擾事件），年紀輕輕就退役，後來轉行進入教育界，四十歲就被提拔為第三高中校長，是個資歷相當特別的人。

而且她在第三高中是大剛毅一屆的學姊。在學時是征服各方佼佼者榮獲實技第一名的女中豪傑，也曾經重挫剛毅的威風。前田對於剛毅來說，是在她面前永遠抬不起頭的學姊。

「好啦，剛毅，有什麼事就說來聽聽吧。難得找我到這種地方，想必是重要的事情吧？」

「是私事。」

剛毅不畏懼前田的先發制人，以光明正大——應該說是豁出去的語氣回答。

「喔……應該不是要我幫令郎的推甄成績灌水吧？」

「或許差不了多少。」

前田以隱含犀利目光的雙眼催促剛毅說下去。

「您知道昨天在箱根發生的恐怖攻擊吧？」

「知道。真是一場災難啊。」

「那麼，您也知道魔法協會對那個事件發表的聲明嗎？」

「當然知道。不過那個聲明沒什麼效果吧？畢竟批判恐怖分子是理所當然的事，聽在對魔法師不友善的人耳裡，或許會解釋為在推卸責任喔。」

前田說完——

「但有人說遇襲的魔法師也要負責，這種說法才真的是推卸責任。」

又如此補充。

「我們也不打算只以批判了事。」

「這麼說來，那份聲明有補充說會盡量協助逮捕凶手。原來不是嘴上說說的而已嗎？」

「我們一条家有派將輝加入搜索任務。」

剛毅在默默點頭之後接著這麼說。

前田沒說這樣很亂來。

「所以？」

相對的，她一臉像是猜到剛毅接下來要說什麼般，如此詢問。

「十文字閣下擔任搜索的負責人，以案發現場的箱根周邊開始調查，預料時間將長達數週甚至一個月以上。所以我要讓將輝暫時住在東京的另一個家，學校這邊也要請長假。」

「意思是你希望別當成休學，而是當成公假處理？」

「是的。十師族的工作不是公務，始終只是私事，所以我知道這樣不合理。但是為了讓小犬無後顧之憂地盡到職責，請您務必通融。」

剛毅低頭致意。

「確實不合理。」

前田冷漠回應。

「就算是十師族，也不能圖這種方便。我的工作反倒就是矯正這種不當的特殊待遇。」

「……我知道了。」

剛毅就此罷休。他知道前田不是墨守成規的人，真要說的話是重情義的女性，卻也知道前田一旦決定要照規矩來，就絕對不會讓步。

「我說了糊塗話，請忘記吧。」

「不，我可以理解你的立場，也自認知道你派遣兒子去東京的必要性。所以我雖然不能提供特別待遇把缺席改成公假，但我幫你拜託百山老師吧。」

「什麼？您說的百山老師，是第一高中的百山校長嗎？」

剛毅無法理解為何在這時候提到百山，一臉不懂地看著前田。

「沒錯。」

「您要拜託他什麼事？」

「暫時收容令郎。」

前田並不是故意省略說明。只是因為剛毅太早問，所以無暇說明詳情。

「總之你等一下。」

繼續這樣問答會平白浪費時間，所以前田以話語與手勢阻止剛毅開口。

「我的意思不是讓他轉學，是安排讓他至少在第一高中也可以上理論課程。不只是魔法科高中，現在的室內課主流是使用終端裝置個別授課。既然同樣是魔法科高中，就能經由魔法大學傳輸資料，應該可以用一高的設備上三高的課。雖然實技與體育沒辦法這樣，不過以一条同學的實力，一個月左右的空窗期應該不成問題。」

「換句話說，您要讓小犬在任務期間就讀第一高中？類似旁聽那樣？」

「他不會像刑警那樣整天都在搜查吧？」

剛毅點頭回應，前田見狀便繼續說下去。

「其實如果准許在家裡上課，他本人的負擔也比較輕，不過魔法科高中的課程資料禁止以魔法大學以外的線路連接。雖然要適應環境變化或人際關係可能有點辛苦，不過只要令郎在一高上通識與理論科目，我可以把他視為正常出席。」

剛毅臉上終於浮現理解的神色。

「而且也需要準備住處吧？就由我來溝通，讓令郎就在本校上課到這週末，下週一開始到第一高中上課。至於期間的話，到三月九日為止的一個月如何？如果事件在這之前就解決，我當然會讓他隨時都能回來。」

「千鶴學姊，謝謝您。這件事就拜託您了。」

站在家長的立場，這樣的條件比當成公假要好得多。剛毅當然沒異議，於是向前田深深鞠躬致意。

後來，剛毅被前田留到凌晨十二點，被她灌得爛醉。

正如眾多魔法師的擔憂，黑顧的犯行聲明引發輿論譁然，媒體早早就開始全面批判魔法師。不，或許是因為事件剛發生，所以又格外加溫，但是遭受批判的一方無法樂觀認為「媒體只有三分鐘熱度」。

◇　◇　◇

第一高中的學生們也明顯顯得浮躁。校內隨處可見明知自己做不了任何事，卻在每節下課時間看新聞的身影。學生們以不耐煩的語氣，又或是低聲討論媒體的偏頗論調。

第一高中學生對媒體報導的反應大致分為三種。氣媒體不把恐怖分子當成惡徒，反而將魔法師當成惡徒的人最多，而且大多是男學生。女學生大多害怕世間敵視魔法師的風潮高漲。第三種則是姓氏帶數字的百家有部分成員透露不滿。

放學後的學生會室也在播放新聞台的報導。平常都以會妨礙工作為由，連音樂都不會放（因為音樂的喜好因人而異），但今天大概是免不了會在意吧……結果果然降低了工作效率。

達也明天起暫時請假不來學生會，卻沒有需要交接的工作，所以他就只是默默消化未完成的文件山。要是沒這麼做，學生會的業務進度或許會延宕約一天。

這樣的達也之所以停下手邊工作，是因為有一段無法當成沒聽到的對話傳入耳中。說話的不是受邀前來開會討論下個月畢業派對的前學生會會計五十里，而是跟著他過來的花音。

「千代田學姊的意思是說，這次是我們不對嗎？」

達也轉頭看的時候，以副會長身分和會長深雪一起參與會議的泉美正在向花音抗議。這句有克制自身情緒的反問語氣相當禮貌，很有她的作風，卻沒有完全藏起她的不悅。

對於泉美來說，達也只是學長，即使同樣是學生會幹部也不算親近。雖然不是處於非得出面勸誡泉美的立場，但即使深雪做出相同的事，達也應該同樣會不發一語吧。花音的說法就是足以激怒泉美。

花音是這麼說的。

『唉……話說回來，還真多虧十師族出了這種差錯，所以連我們都遭受無妄之災了。』

會議告一段落在閒聊時，背後播放的新聞節目出現格外嚴厲批判魔法師的論調，而聽到這段發言的花音沒有多想，就輕聲說出了這句話。但這不是她一個人的意見，是以魔法師身分出名的百家本流含數家系之間提出的不滿。

「這當然是恐怖分子的錯，不過十師族的應對方法不好也是事實吧？」

花音發的牢騷並非只是她自己的想法，她也聽過身旁同學說過相同的感想。抱持不滿的不只是自己，使她態度強勢了起來，再加上她其實知道自己這番話不合理，所以這份愧疚又使她變得固執己見。

「學姊的意思是哪裡做錯了？」

泉美不像當天在箱根面對刑警時那麼激動，而是以禮貌的語氣與理智的表情冷漠詢問。

激動的反倒是花音。她確切理解到泉美的態度是在輕蔑對方。

「待在相同飯店的普通市民，他們連一個人都沒救，會被批判也是在所難免吧？」

只是花音也沒有發洩情緒，僅僅是稍微加重語氣。

但她以更加情緒化、更高壓的態度爭論，或許才是正確的做法。

雖然是事後諸葛，不過花音如果拿學姊的立場當擋箭牌，事情應該就不會演變成如同吵架的口角，就此平息吧。

「『普通市民』？學姊說的『普通』是什麼意思？」

「還會是什麼意思……」

花音沒能立刻回答泉美像是在挑語病的這個問題。

「是沒有軍人身分的意思嗎？還是沒有從事公職的意思？如果是這個意思，那麼十師族當家們都不是軍人或公務員，所以符合『普通市民』的定義吧……？」

「妳到底想表達什麼？」

「沒有，我只是覺得奇怪，為什麼『普通市民』不該以自己避難為優先，而是以其他『普通市民』的避難為優先……」

泉美以左手遮住嘴。

花音覺得她在嘲笑自己。

「妳啊！」

花音手撐桌面起身。椅腳因此發出軋轢聲。

「花音，妳冷靜一點！」

五十里在下一秒起身，將手放在她肩上。

「泉美，不好意思，可以請妳到福利社幫大家買熱飲嗎？錢從這裡出。」

在另一頭默默地聆聽著花音與泉美兩人爭論的深雪，將學生會專用的現金卡遞給泉美，如此「下令」。

學生會室的自動配膳機也有提供熱水。而且無論是茶葉、咖啡豆、茶壺或咖啡機，學生會室也都有。一般不會外出買飲料。

換句話說，這是要她到外面冷靜一下的意思。

「知道了……」

泉美一臉消沉地起身。被她最喜歡的深雪如此責備，使她腦袋頓時冷卻下來。

「我也去幫忙。」

水波起身向深雪要求和泉美同行。

「嗯，拜託了。」

「好的……七草同學，我們走吧。」

水波向深雪行禮之後，便走到泉美身旁牽起她的手。

泉美與水波的氣息在門的另一頭遠去。

五十里確認兩人離開之後，朝花音開口。

「……剛才是妳的錯。就算十師族的各位當時有餘力拯救犧牲者，這也不是義務。強迫他人行善是錯的。」

「可是……」

花音開口表達不滿，但五十里以眼神打斷她的話語。

「當然啦，若面前有人倒地卻視若無睹不幫忙，我也覺得這在道義上說不過去。不過當時的狀況是自己不避難的話就有危險，不能要求他們找到並且救出不知道待在哪裡的其他人。十師族也不是不死之身啊。」

「這……話或許是這麼說沒錯啦……」

「就算是消防隊員，也不是理所當然就要衝進可能有生命危險的火場。不顧生命危險主動救助受災的人，是勇敢又高尚的行為。可是，不用對他們負責的外人強迫他們說『雖然不能保證安

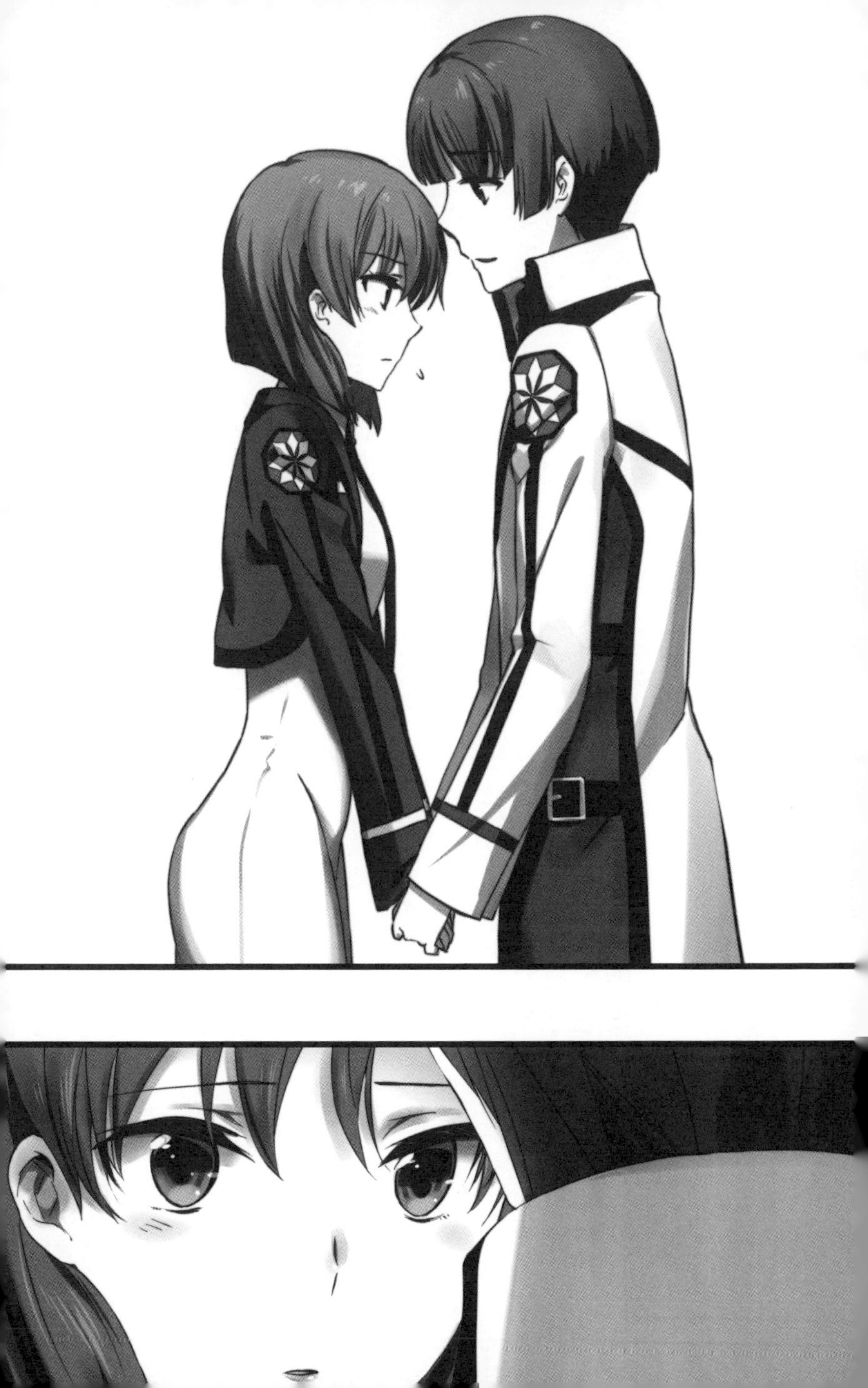

全，不過就衝進去吧，這是你們的義務』，我認為是既愚蠢又卑劣的行為。能夠這樣下令的，我想只有共同背負風險，必須對隊員生命負責的隊長吧。」

花音從五十里身上移開視線，低下頭來。

「何況事情已經結束，我認為不應該將原本不存在的義務視為理所當然般，強加在當事人身上撻伐。我不希望花音做這種事。而且要是伯父因為這種事被罵，妳也會生氣吧？」

「……嗯。」

五十里溫柔詢問，花音就這麼看著下方點頭。

「知道就好。那麼，等七草學妹回來之後，妳得向她道歉喔。」

五十里這番話，使得花音再度點頭。

◇◇◇

泉美回到學生會室之後，花音便向她道歉，泉美也為自己態度不佳向花音道歉。雖然兩人順利和解，但這是因為花音與泉美是平常都會見面的交情，加上五十里這個理性的調停者在場，才能如此平安落幕。

不是魔法師的人們，大多沒有和魔法師私下交流。世間也沒有調停者在魔法師與非魔法師中間溝通。只有非魔法師的人們大量犧牲——以這個事實為基礎，世間對於魔法師的負面情感只是愈來愈偏激。

其實並不是完全沒人擁護魔法師，只是他們的聲音太小了。無論是多麼有道理的主張，只要對方聽不到，就無法成為任何助力。

現下魔法師看起來只能忍辱負重。血氣方剛的年輕人難以接受這種認知。

新加入十師族的七寶家長子七寶琢磨，也是無法接受這個狀況的年輕人之一。

他才十六歲。在這個年紀，就算對社會抱持任何不滿也沒有手段對抗，無處可去的憤怒或不甘心，頂多只能宣洩在運動、音樂或文藝上。其中也有人會引爆找錯發洩出口的暴力衝動。

不過琢磨昔日有一個願意提供「對抗手段」的人選。說來遺憾，他必須以「昔日」這種過去式來形容這個人，但現在他只能依賴這名女性。

直到去年春天，琢磨自認彼此處於對等關係。所以即使實際上是單方面接受協助的交情，他的自尊心也沒受傷。

但是現在，自己微不足道的尊嚴根本不重要了。琢磨認為自己那麼想獲得的十師族地位，是用來保護魔法師權利的工具。

若是為了讓自己的行動符合心目中的十師族角色，他甚至可以丟臉地抱著女人的大腿哀求。

琢磨如此下定決心，前去造訪女星小和村真紀的住處。

琢磨有做好吃閉門羹的準備，但事實和他預料的不同，真紀爽快邀他入內。

「晚安。琢磨，好久不見。」

「啊，嗯。真紀，好久不見。」

時間才晚上九點，但真紀的打扮已經相當輕鬆了。具體來說是過膝的睡袍。而睡袍底下的滾邊衣襬，應該是細肩帶睡衣吧。

「抱歉，妳已經要休息了嗎？那我改天再來。」

琢磨說完，便連坐也不坐地就準備轉身。

「等一下，琢磨。沒關係的，坐吧。」

坐在沙發上的真紀叫住他。

琢磨就這麼受邀坐到跟真紀隔著一張桌子的對面。

坐著的兩人之間的距離，比琢磨春季造訪這間住宅當時遠。

「琢磨，你要喝什麼？」

「不，不用麻煩了。」

考慮到這次沒事先約好就找上門，琢磨表示不用為自己費心而婉拒。

真紀聽到他的回應，便訝異得睜大雙眼。

「……那麼，咖啡可以嗎？」

「嗯，抱歉勞煩妳了。」

真紀按下刻意設置在扶手內側的不顯眼按鍵，說了句「麻煩準備咖啡」。在正前方看著的琢磨看不出來收音器在哪裡，不過應該是藏在某處吧。

「琢磨，虧你知道我今天放假呢。」

「不，我不知道。我本來打算妳不在，就在對講機留言，改天再來打擾。」

「那是怎樣啊？」

真紀傻眼地說。表情的變化與音調的選擇一如往常地毫無突兀之處，琢磨完全不知道這是真心話還是裝出來的。

「與其這麼做，不如事先打通電話就好了吧？」

真紀的建議，引得琢磨露出有點洩氣的笑容。

「總覺得……不方便打電話。老實說，來到這裡的路上，我好幾次想回頭。」

為什麼不方便打電話？真紀沒問這個問題。琢磨表面上已經和真紀圓滿分手。真紀是這樣演的。但即使是真紀，也可以輕易想像對於自尊心高的少年來說，打電話給「甩掉自己」的女人是一件難事。

「就算這樣，但你沒想過可能白跑一趟嗎？」

她改為這麼問。

「我認為既然有事相求，當然要多跑幾趟，直到見到面。」

真紀目不轉睛地注視琢磨的臉。

就在這個時候，客廳的門打開了。

比真紀稍微年長的一名女性端著托盤走到琢磨身旁，動作細膩地將小碟子放在桌上，然後放上咖啡杯。

「謝謝。」

這名女性默默行禮回應真紀的道謝，離開客廳。

「……剛才那位小姐，不是3H吧？」

「不是。」

琢磨的低語引得真紀發笑。

「是我新請的幫傭。你也知道我討厭3H吧？」

「記得。所以我才覺得很意外。」

琢磨記得真紀說過「被3H看著就像是監視器近在身邊，不太舒服」。這是昔日閒聊時，真的只是順便提及的話題。

以前的琢磨應該不會留心這種小事。他記性不錯，所以或許不論今昔，他都可以想起這件往事，不過以前的他應該只要和自己的事情無關，就不會在乎對方喜歡或厭惡什麼。

真紀這次是感慨地注視琢磨。

這雙視線讓琢磨不太自在，移開了目光。

所以沒能看見真紀以什麼表情說出這句話。

「琢磨……你真的變了。」

真紀的語氣中隱含稱讚，令琢磨害羞得臉紅。

「呃……嗯，多少有變一點。」

這個女人是演員，語氣要怎麼變就能怎麼變……琢磨反覆這麼說服自己，就這麼看著一旁附和她。

「不，不只一點點喔。」

但即使琢磨轉過頭，真紀的聲音依然妖豔地纏著他的意識。

「這個年紀的男生成長得好快……雖然還沒完全長大成人，不過這樣才棒……」

真紀坐在正對面的沙發沒動，琢磨卻感覺她肌膚的芳香似乎接近了自己。

「怎麼辦？雖然被警告不准出手……不過只有一次的話……」

明明距離這麼遠，嬌滴滴的氣息卻竄入耳朵。

「真紀，我有個請求！」

琢磨試圖甩掉這種錯覺，猛然低頭。

「請求……？」

雖然視野被地板占據的琢磨當然看不見，但真紀露出了驚愕表情，如同看見不敢置信的東西。嬌媚的氣息一點都不剩。

兩人昔日的關係，是真紀單方面實現琢磨的各種願望，所以她不是因為琢磨有事相求而感到意外，是看到琢磨深深低頭而意外。

依照琢磨的認知，自己不是接受真紀施捨，而是將她的支援視為預先投資。無論真紀真正的想法如何，她是這樣告訴琢磨的。

大概是因為這樣，琢磨有所求的時候，頂多只會稍微低個頭。正因為是單方面依賴的關係，才更不願意貿然展露弱點。這種理論也很有年輕人的風格。

但琢磨現在卻毫不猶豫地將上半身彎到和地板平行。這副模樣和真紀印象中的琢磨差太多，她甚至一瞬間誤以為這是在做伸展操之類的。

「琢磨，總之你先抬起頭吧。」

真紀沒忘記達也對她的脅迫。今天雖然邀琢磨入內，但是她原本打算隨便應付，讓琢磨「舒服地」回去。她也想避免緋聞纏身，不過她預測如果只是稍微「胡鬧」的程度，司波達也或是其背後的不明人士都不會有意見。

然而她看到琢磨的蛻變之後，便改變了主意。

「我要怎麼做？」

因為感受到對方的志氣而將得失置於度外，並不是男性的專利。真紀想為在這半年多成長到判若兩人的琢磨出點力。在她內心萌芽的情感，就像是姊姊看見調皮弟弟努力想要頂天立地而抱持的親情。

琢磨沒想到會有這種出乎預料的善意反應，以及真紀會露出這種溫柔的笑容，一副嚇一跳的樣子。他重新打起精神，以因為逞強而透露悲壯感的語氣，回答真紀的問題。

「我想妳當然知道前天發生的恐怖攻擊吧。」

「箱根發生的那件事吧？你們似乎備受批判呢。」

「嗯。現在魔法師成了箭靶，即使我們是受害者，卻依然遭受輿論的強烈抨擊。」

「不過，你們確實有理由成為箭靶吧？我認為，既然殃及毫無關係的人，會出現責備聲浪也是在所難免。」

真紀不是反魔法主義者，她反倒想要積極和魔法師建立「友善」關係。她現在說的始終是在分析世人的想法。

琢磨不知道是理解這一點還是單純在忍耐，沒對真紀的意見動怒。

「如妳所說，這大概是在所難免吧。或許是人之常情。但我們也不能甘於成為反派。我們必須在某個節骨眼上遏止這股風潮，否則魔法師的人權將會不保。到時候肯定會出現標榜著正義，開始獵殺異端的傢伙。」

真紀沒說琢磨想太多，反而認為那是自然的發展。

「知道了。與其說要我幫忙，你應該是想要我父親幫忙吧？」

真紀的父親是持股公司的社長，旗下有數個媒體企業，包含電視台。

「──！」

琢磨因為被說中而畏縮。但是時間不到一秒。

「我自己也覺得臉皮很厚。而且令尊就算站在魔法師這邊，也沒有任何好處。依照現在的情勢來看，肯定只有壞處。就算這樣，還是拜託了！」

琢磨再度猛然低頭。如果這裡是和室，他的額頭想必已經貼在榻榻米上了。

「能夠拜託的對象，我只想得到妳啊……！」

看不到彼此的表情，對於真紀來說正好。

真紀不小心對這名小她快十歲的少年心動了。

但她是一流的女星，不會做出用咳嗽掩飾這種簡單明瞭的反應。

「琢磨，這是賣你一個人情。」

「真紀……！」

琢磨喜形於色地抬起頭。

「將來一定會要你還喔。」

「嗯，只要我做得到，我什麼都會做！」

琢磨將在不久的將來，具體來說是在三年後，由衷後悔自己說出這句話，但他絕對沒有食言——這是在二一〇〇年，也就是二十一世紀的最後一年，因為和知名女星小和村真紀演對手戲而瀟灑在大銀幕出道的魔法大學生演員誕生的祕辛。

◇　◇　◇

這天深夜，有兩個人造訪警方的屍體安置所。這裡收容了箱根某飯店大規模恐怖攻擊事件凶嫌的遺體。

一人是中年男性，身穿風衣，頭上的軟帽壓得很低，若從極度善意的方向解釋，看起來也並非不像是刑警。另一人的容貌不明，頭戴報童帽，又戴著大大的墨鏡，並以圍巾遮住下半張臉。身高以女生來說太高，以男生來說又太矮。不只是臉部，連身體也以過度寬鬆的羊毛大衣藏起來，所以體型也不明。從外表應該看不出她是二十歲左右的年輕女性吧。

迎接兩人入內的，是獨自留守到現在的驗屍官。他在兩人進來時離開了安置所。他不是被操縱或是威脅。是因為驗屍官被戴著軟帽的男性——黑羽貢收買了。

貢環視擺滿地面的屍袋，以及搬到床上的屍體。送到這裡的都是加害者——也就是判定是恐怖分子自爆之後的屍體。由於使用自爆這種手法，所以屍體幾乎都不留原形，不過其中還是有損傷較少的屍體。放在床上的盡是這種屍體。

依照貢他們的目的，只要頭部還在就不成問題。只剩下頭顱也可以，而且講得更極端一點，就算大腦炸爛也沒問題。總之只要是能夠辨識為人頭的屍塊，就有可能成為線索。

「吉見。」

貢對同行的女性說。不知道這是姓氏、名字還是通稱。以報童帽、墨鏡與圍巾蒙面的「吉見」點了點頭，以戴著皮手套的手碰觸橫躺床上的屍體額頭。

手與額頭的接觸面出現淡淡的想子光。這很像從CAD讀取啟動式時的光。而實際上，兩者所做的行為本質是相同的。注入毫無意義與瑕疵的均質想子波，讀取反彈回來的想子訊號。可以說是將CAD替換為屍體，將啟動式替換為屍體儲存的想子情報體所進行的程序。

被稱為吉見的女性，正在進行的是殘留思念的讀取。她是名接觸感應能力者，擅長讀取人體殘留的想子情報體痕跡。

現代的魔法學認為「想子」是意念或想法化為實體的粒子，「靈子」是產生意念或想法的心理機制化為實體的粒子。

這始終只是假設。

現今靈子的性質依然幾乎沒有受到解明。

不過，想子情報體會因為意念或想法而變化，是已經觀測到的事實。

魔法式也是想子情報體。所以人體即使受到外來的魔法干涉，完成任務的魔法式也會因為當事人主動、被動的精神活動而迅速變形、消散。

然而死者不會有感覺，不會有任何想法。因此相較於活人，殘留在死者身上的想子情報體，以及寫在死者身上的魔法式保存時間長得多，保存狀態也完整得多。

由四葉家開發，且是黑羽家當成諜報活動王牌所使用的術式，就是讀取死者肉體記載的想子情報體——讀取「死者記憶」的術式。

「吉見。」

「還不要緊。」

吉見從圍巾底下輕聲回應，接著將手伸向下一具屍體。

「別太深入啊，否則會回不來。」

吉見接連從屍體讀取情報，如同在表達貢的提醒是白操心。手從第六具屍體移開時，她輕輕呼出一口氣。

「找到了。」

「這樣啊。那就走吧。」

貢從吉見手上抽下手套。吉見也從大衣口袋拿出新的手套，戴在雙手上。

貢帶著吉見離開屍體安置所。而吉見的手套，不知何時已從他手中消失了。

◇ ◇ ◇

不用說，在搜索恐怖分子的不只是十師族。

在首都不遠處發生的大規模恐怖攻擊事件傷害了警方名譽，十足令高層火冒三丈。

這個案件不是由神奈川地方警察（通稱「神奈川縣警」，不叫作「地警」或「舊縣警」），而是由警察省的廣域特搜小組（通稱「日本版ＦＢＩ」）負責搜查。平常以派往當地警局的形式分布在全國的特搜小組刑警在南關東集合，以投入所有人力的氣勢開始辦理這個案件。

恰巧正在警察省待命的千葉壽和警部不等派往各地的刑警集合，就早早受命參與這次的搜查。他對於這次的事件也和眾人一樣憤怒，因此難得拿出了幹勁四處奔走。

雖然這麼說，但搜查工作從一開始就突然受挫。

「凶嫌全部死亡究竟是怎麼回事？」

壽和在偵防車上不耐煩地發牢騷。

「因為是自爆恐怖攻擊，所以也會發生這種事吧。」

開車的稻垣警部補，如同在安撫壽和般回應。話是這麼說，但稻垣同樣覺得奇怪，所以語氣中沒有說服力。

「我能理解自爆的傢伙們都死了，可是連沒有爆炸跡象的傢伙都死了，這樣很奇怪吧？甚至有屍體幾乎找不到損傷耶。」

「而且，依照驗屍結果，推定死亡時間比恐怖攻擊發生日期早一天以上。所以屍體也可能以冷凍之類的方式保存，這種狀況下推定死亡時間最多可以拉回大約十天前……會是屍體搬著炸彈走嗎？」

「你當這是B級靈異片啊！……不過要是真能這樣一笑置之，就輕鬆多了。」

壽和露出像是在自暴自棄的笑容。

「警部果然認為有操作屍體的魔法吧？」

稻垣問完，壽和便不情不願地點頭。接著他察覺只用肢體動作沒辦法讓開車的稻垣看見，就又輕聲說了句「沒錯」。

「在這種情況下，這個推測最合理……真可惡。」

將魔法斷定是虛構的產物而不列入搜查是僅止於上個世紀的觀念。在現代的警方搜查中，「魔法」是辦案時不能忽略的要素，而且壽和自己就是魔法師。否定魔法的存在等同否定自己。

雖然這麼說，但他使用的是現代魔法，所以極度質疑「操作屍體的魔法」是否存在。

「這果然只能徵詢專家的意見了吧？」

「天底下有死靈魔法的專家嗎？我們確實完完全全是外行人，如果有人願意開課的話就幫了大忙。」

稻垣的提議使得壽和板起臉。即使有魔法師熟悉操作屍體的魔法，也肯定會在人道方面被視為問題。壽和不認為這種人會光明正大地掛起招牌宣傳。

「就算是警察省的資料庫，用『死靈魔法』搜尋也只找得到屍體占術。」

雖然是自己的提議，但稻垣似乎也知道很難找到這種人。

「是啊……不過，反正沒有明顯的線索，就用這個方針試試看吧。」

壽和在嘆息的部下身旁不負責任地低語。

「稻垣，麻煩開到洛提柏特。」

「找那個情報販子嗎……收到。」

稻垣也一臉「不得已」的表情，將車開往橫濱。

位於橫濱山手丘中腰，設計成山中小屋風格的咖啡廳「洛提柏特」。進入氣氛寧靜的店內後，壽和不禁張望起來，尋找某人。

他也知道自己在找誰。二〇九五年秋季震驚日本……不對，以結果來說是震驚全世界的「橫濱事件」發生之前，壽和為了偵辦偷渡客的案子，和這次一樣來到這間店獲取線索時，遇見了名為藤林響子的女性。壽和就是想起這名女性。

橫濱事件發生時，壽和在櫻木町車站和響子分開之後，就再也沒見過她。當時彼此也不是情侶，只是基於彼此的任務建立合作關係——不過壽和的心態不只如此。

後來，壽和忙著收拾緝捕繼續潛逃的偷渡犯等橫濱事件的善後，沒空和藤林聯絡。和事變相關的工作告一段落沒多久又發生「吸血鬼事件」，搜查工作令他分身乏術。因此他從去年春天開始，就離開了關東好一段時間。忙著忙著，就沒機會想起藤林了。

壽和之所以想起藤林，是因為這裡是初次遇見她的場所。不知道該說浪漫還是感傷，或者只是有所眷戀。壽和在心中自嘲這樣不像自己的作風，坐上吧檯座位。

壽和以視野一角捕捉到稻垣坐在他身旁，同時點了兩杯特調咖啡。

和這間店的店長相處時，性急是大忌。

等待咖啡的時候，壽和心不在焉地環視店內。

客人依然很多，卻沒有坐滿。

壽和立刻停止環視，以免自己的視線令他人不快。

他在聽到告知店門開關的鈴聲時轉身，但也不是在提防可疑人物。只是因為閒著沒事，身體就反射性地做出這個動作。

隨後起身的動作也幾乎是下意識所為。不過壽和已經不再鬆懈了。

「哎呀，警部先生。」

與和壽年紀相近的美女一看見他，就微微睜大雙眼。

「藤林小姐……」

打開店門的人物，是她剛才想起的女性——藤林響子。

「千葉警部，好久不見。方便坐這裡嗎？」

雖然她故意避免過度亮眼的妝容，但是只要稍微仔細看，端正的臉蛋依然奪人目光。外貌跟壽和記憶中模樣相符的藤林這麼問他。

「啊，好的，請坐。」

壽和甚至沒察覺稻垣板起臉（不是假裝沒察覺，是真的沒察覺），直接答應藤林。

藤林就這麼掛著笑容，坐到壽和身旁。

壽和自覺不知為何緊張起來——但他沒自覺是這是否真的是「不知為何」。

「店長，麻煩給我特調咖啡。」

藤林把脫下的大衣放在身旁的空位，和壽和點相同的咖啡。

「警部先生看起來沒什麼變耶。」

「是的，因為身體健壯是我唯一的優點。」

感覺壽和的聲音似乎隨時會變尖，令人稍微捏一把冷汗。

「哎呀，您真謙虛。」

藤林很有禮貌地以親切笑容回應。

壽和的臉頰附近有點抽搐。

「話說回來，藤林小姐今天休假嗎？」

依照她的職業特性，就算穿得休閒也不一定是休假。壽和知道這一點，但他無法在這種不知道有沒有人偷聽的地方問她是否在執行任務。

「是的。店長泡的咖啡很好喝，所以就來光顧了。」

藤林說完，正好面向這裡的店長便向她簡單點頭致意。

假設壽和也說了相同的話，店長應該會毫無反應吧。看來藤林雖然住得遠，依然是這間店的常客。

「警部先生在休息？」

「嗯，算是吧……這麼說來，記得藤林小姐也熟悉古式魔法吧？」

壽和內心頗為慌張，卻沒有忘記搜查的事。他之所以想起面前女性的真實身分，不是源自異性的立場，而是基於刑警的意識。

「是的，還算熟悉。」

「如果有空的話，我想請教一些事。」

藤林觀察壽和的眼神。

「讓您久等了。」

此時，店長的聲音介入了。咖啡杯擺在壽和與稻垣前方。

「我不介意。不過警部先生，您應該有事情要先和店長談吧？」

聽到藤林的提醒，壽和才想起來到這間店的原本目的。很遺憾的，他無法斷言自己沒有怠忽職守。

希望妳能幫忙介紹屍體操作魔法的專家——壽和在字條上寫下這個要求，店長也在字條背面寫下答覆之後交回。壽和將內容確實記在腦中，然後將這張紙還給店長。看店長微笑回應，這個做法應該是對的。

至於藤林，她今天似乎真的只是來喝咖啡，和店長只有簡單閒聊。

她離席的同時，壽和也起身。

「店長，麻煩結帳。這位小姐的也一起算。不用找了。」

藤林還沒插嘴，壽和就將一張高額現金卡交給店長。比壽和晚一步起身的稻垣看到卡面金額，便揚起眉角表達驚訝。因為即使包含情報費，這個金額也比行情高很多。

「這樣好像收太多了。」

店長微微蹙眉說道。

「多的就留到下次結帳再用吧。」

壽和如此回應。

「期待您再度光臨。」

店長沒回嘴，而是微微低頭如此回應。

離開洛提柏特的壽和接受藤林的邀請，坐上她的車。現在是稻垣開著偵防車跟在藤林開的車後面。

「所以警部先生，您想問的事情和箱根的恐怖攻擊事件有關嗎？」

車子一起步，藤林就突然切入核心。

「……妳說得對。」

壽和放棄預先規劃的步驟，告訴自己「不用多費心力是好事」。

「那個恐怖攻擊事件有個地方很奇妙。」

「奇妙？」

雖然藤林的手放在操縱桿，但車子實際上是在自動駕駛，所以她轉身看副駕駛座的壽和也不會危險。不過壽和意外地有接受過正統警官教育，即使知道並不危險，她的行為也讓壽和捏一把冷汗。

大概是壽和的想法寫在臉上了，藤林立刻轉回正前方。

「是的。實行犯無人生還。」

「……是不是逃走了？」

藤林提出符合常理的疑問。

「不，沒有逃走。」

壽和斷然否定。

「恐怖攻擊只針對目標飯店。市區監視器在案發之後也都完全正常運作。」

「意思是市區監視器沒拍到實行犯從恐怖攻擊現場的飯店逃亡？」

「是的。入侵飯店的實行犯都有被監視器拍到，身分也全部查明了。雖然還有部分屍體沒找到，但我可以斷言沒有嫌犯活著逃離。」

「監視器明明拍到歹徒，卻沒能阻止犯行？」

壽和回答不出來。但他沒氣餒，立刻辯解。

「偵測器並未發現爆裂物。而且他們的穿著很正常，也沒有任何理由阻止他們進入營業中的飯店。」

「……意思是如果十師族使用的是魔法協會的會議室，或是開會時包下整間飯店，就不會發生這次的恐怖攻擊事件了嗎？」

「先不提恐怖攻擊事件本身，但應該可以避免這麼多人犧牲吧。」

藤林是直到師族會議當天都還是十師族的九島家親戚。即使壽和說的是事實，也無法避免場中洋溢尷尬氣氛。

壽和進入正題，抹去這股氣氛。

「其實除此之外，還有某些部分令人無法理解……只說結論的話，就是那些歹徒推測在行凶的時候就已經死亡了。」

「原來如此……所以才要去找『傀儡師』打聽啊。」

「傀儡師？」

壽和正在前往洛提柏特店長所介紹，熟悉「反魂術」的魔法研究家住處。不是想要拜訪傀儡製作師或操偶師。

「警部先生正要造訪的對象不是單純的魔法研究家，是別名『傀儡師』的古式魔法師。據說這名魔法師會使用將屍體化為傀儡的禁忌魔法，是魔法協會列管的對象。」

「這……」

「的確，他應該會詳細說明操作屍體的法術吧。因為他表面上是研究家。」

藤林看著正前方的雙眼移向壽和。

「不過警部先生，請小心。聽說『傀儡師』近江圓磨和大漢出身的魔法師交情匪淺。」

壽和繃緊表情，點頭回應藤林的忠告。

◇◇◇

二月八日星期五下午五點五十七分。達也來到克人指定的魔法大學正門前。

先回家一趟再搭大眾交通工具過來的達也，身穿量身訂製的西裝外套，加披一件輕便的短大衣。達也即使穿魔法科高中的制服，看起來也比實際年齡大很多。世間公認魔法大學的學生比其他大學的學生成熟，但他這身打扮看起來更成熟。

「達也學弟。」

超過會合時間約五分鐘時，從正門走出來的真由美呼叫達也。她身穿粗呢大衣、及膝裙子、厚褲襪加長靴的休閒打扮。加上她還肩背一個薄材質的托特包，使她這身造型充分醞釀出女大學生的氣息。雖然對真由美本人講這種話肯定會害她鬧彆扭，但是兩人像這樣站在一起，看起來只覺得達也年紀比她大。

「抱歉，等很久了嗎？」

「這在誤差範圍內。請不用在意。」

真由美氣喘吁吁掛著笑容詢問，達也老實回答。

不過，真由美似乎不滿意這個回答，朝他鼓起臉頰。

「真是的……這時候應該回答『不，我也剛到』才對吧？」

看來真由美期待達也和她玩這種制式互動。但很遺憾，達也無法理解真由美這樣要求有什麼意思，但他不在乎發揮這點小小的服務精神。

「我也剛到。」

不過，看來這樣也不合真由美的意，她賞了達也一個白眼。

「話說回來，十文字學長沒和學姊一起嗎？」

達也沒慌張也沒畏縮，若無其事地繼續對話。

真由美故意嘆了口氣。

「……十文字先去可以開會的地方了。我問了地點，跟我來吧。」

真由美不知道是罷休還是死心了，她催促達也動身，踏出腳步。

達也立刻走到她的右側。

真由美將右肩背的托特包換到左肩。

她好幾次差點舉起右手，但最後兩人沒挽手或牽手，就這麼繼續行走。

真由美帶達也來到從魔法大學步行約十多分鐘路程的地方。這裡乍看之下只是一間稍微時尚一點的平凡獨棟住宅，吸引目光的頂多只有附設屋頂的露臺，露臺擺了一張圓桌與四張椅子。

不過入內一看，就發現一樓是小規模的餐廳。不知道沒有掛招牌是因為克人包場，還是這裡的經營方針只收熟客。

「這間店要有人介紹才進得來，原本就不會有怪人過來。加上十文字好像暫時包下這裡了，所以不用在意其他客人的耳目。」

達也思考這種事的時候，真由美正好告知了正確答案。看來兩種猜測都是對的。

先不提外觀，這裡的一樓是餐廳，所以不用脫鞋或許是理所當然。隨著真由美的腳步，長靴的鞋跟也響起輕快的聲音。

「十文字，久等了。」

「不，我也剛到。」

雖然沒顯露在臉上，但達也很佩服克人的回應。這句話完美符合真由美的期待。為什麼克人知道正確答案？果然是因為認識夠久嗎？

「坐吧。」

達也不動聲色地這麼想，同時面不改色地依照克人的指示坐在他面前。

真由美選擇克人斜前方，也就是達也旁邊的座位。這個選擇沒有特別的意義……應該。只是因為達也與真由美是一起來到這張餐桌，才會就這麼依照相對位置坐下。達也決定這麼想。

摩利叫達也出來見面時告知的那件事，達也記憶猶新。不知是否因為這樣，他沒辦法騙自己完全不在意真由美的舉動。但是如果問他是否能將真由美視為「那種」對象，答案是否定的。

達也接受深雪的心意，成了深雪的未婚夫。但他並沒有接納深雪的情感。

對他來說，深雪依然是妹妹。

他現在還沒對深雪抱持戀愛情感。

即使已經決定要如何回應深雪的情感，自己的心也還沒走到這一步。

達也心中關於戀愛的容納空間，光是放入深雪就滿了。如果連真由美都要掛心，將會影響到工作。所以他在避免將真由美當成這種對象。

基於這一點，真由美對達也的態度一如往昔，老實說也幫了達也很大的忙。

依照摩利當時的說法，真由美肯定一直被摩利煽風點火。即使真的沒感覺，聽朋友這樣堅稱，也難免會在意。煽動的人和當事人愈親密，效果就愈好。達也不是從男女情感，而是從逼迫、懷柔的技巧學到這個道理，不過心理機制上應該大同小異。

如此心想的達也提高了警覺，但幸好真由美受到的影響沒有明確顯露在言表。雖然無法深入得知她內心的想法，但是達也在這方面也一樣。彼此彼此。

「事不宜遲，你們查出什麼情報了嗎？」

克人令人覺得性急的這個問題，使得達也與真由美面面相覷。

以眼神溝通之後，真由美先開口。

「很遺憾，目前沒有明顯的線索。大致能確定恐怖分子是從美國渡海來到日本，在橫須賀上岸，但這也只不過是推測。」

「我這邊從ＵＳＮＡ得到情報了。」

達也接著說出的這句話使得真由美感到驚訝，克人也感到意外。

「從美國？你到底是用哪種管道得到情報的？」

高階魔法師被嚴格管制出國。

因此，魔法師只要不屬於政府機關，就很難在海外建立情報網。在十師族之中，只有透過軍火買賣對象取得情報的三矢家是例外，克人與真由美都沒聽過四葉家擁有海外的情報來源。

「這個嘛，總之是各種管道。」

「……看來我不該問。對不起。」

達也含糊其詞，真由美不好意思地低下頭。即使對方不是對等的十師族成員，要求對方公開祕密也不是值得讚許的行為。

對於真由美的謝罪，達也只簡單回應「沒關係」，沒有深究。

「依照情報，恐怖分子的主謀是前大漢魔法師，名字是顧傑。英文名字是紀德‧黑顧。外表年齡五十多歲，黑皮膚白頭髮。不過說來遺憾，這情報的可信度不明。」

真夜也認可達也將顧傑相關的情報分享給克人他們。不是達也申請許可，是真夜主動指示達也提供這個情報，讓七草家加入搜索。

「就算沒證實，在毫無線索的現在也是有力的情報。七草。」

「嗯。我會從過去兩週內入境的外國人清單裡，篩選出符合這個情報的人物。」

承受克人視線的真由美點頭說。

「但我認為很可能是偷渡。」

「嗯，我想也是。但是凡走過必留下痕跡。只要集中調查橫須賀到箱根的區域，應該找得到一些線索。也請警方協助吧。」

對警方影響力最大的魔法師家族是千葉家。據說以機動部隊為主的魔法師警官約半數都曾到千葉家拜師學武，但是如果只限關東的搜查部門，七草家的影響力反而更大。

即使不是如此，這次事件鬧得這麼大，就算旁人沒說什麼，警方想必也在拚命緝凶。線索再小，也絕對會讓他們上鉤。

用不著說明，克人也理解這一點。

「也對。那麼七草就朝這個方向進行。司波就麻煩你繼續收集線索。」

「嗯，好的。」

「知道了。」

三人相視點頭。

「你們要提議什麼事嗎？想問什麼也可以問。」

克人問完，達也與真由美回答「沒有」。

克人點了點頭。

「你們晚餐想怎麼解決？如果要吃完再走，我可以立刻請人準備。」

他詢問兩人。

「不好意思，家裡已經在準備了。」

達也先出言婉拒。

「……我今天也要先告辭。不然明天再讓你招待吧。」

真由美朝達也一瞥，以愧疚的語氣回應克人。

「知道了。那麼明天也約這個時間，沒問題嗎？」

「嗯，好的。」

「知道了。如果我到時候不方便，再通知您。」

達也設想的「不方便」，是假設搜索持續到晚上的狀況。克人不知道是理解這一點，還是避免干涉私生活，沒有追問細節。

「嗯。我還要開下一個會。司波，你送七草回去吧。」

雖然也不是因而改為這麼說，但克人如此說道。

「咦？不用麻煩了啦……」

真由美一臉慌張地想拒絕克人的提議。從魔法大學的位置來看，這裡和車站是反方向。要是大學朋友看到她在這種時間和達也共處，將會成為謠言的好題材。

「外面天色已經變暗了。雖然不是懷疑七草的實力，但現在不知道恐怖分子躲在哪裡。既然可能被鎖定，我就不能容許女性單獨行動。」

不過，一被克人提到落單可能成為恐怖分子的目標，真由美就難以反駁了。而且堅持拒絕反而像是很在意達也一樣，又會更加難為情。

「七草學姊，我送妳回去。」

達也在真由美不知如何反駁時說出的這句話，成為臨門一腳。

「……那就拜託你了。十文字，明天見。」

「嗯，回去路上小心啊。」

在克人這句話的送行之下，真由美和達也一起離開餐廳。

餐廳走到魔法大學約十分鐘，魔法大學走到車站約十分鐘。天色完全變暗，既沒月光也沒星光，不過多虧有路燈，所以看得見道路。即使如此，視線還是比白天差，因此真由美走路自然變比較慢。

對於達也來說，這種程度的黑暗不構成任何障礙。就算這麼說，他也不可能自己先走或是拉著真由美催她走快一點，而是配合真由美的步調並肩前進。

兩人沒有交談。達也知道身旁的真由美不太自在，卻也沒有主動提出話題。

「啊！」

就這麼走到接近魔法大學前面時，真由美忽然出聲。

「是雪……」

真由美停下腳步，仰望夜空。如同以她的聲音為暗號，被大都會燈火淡淡照亮的夜空雲層飄落片片雪花。

達也從大衣內側的置物處取出薄薄的折疊傘以及把手。由於材質進化，現代的傘輕薄到收在大衣內側也不會礙事，不過這樣的話傘骨主幹會太細不好拿，所以撐傘時都是另外加裝把手（大多數的折疊傘都是裝上把手之後自動打開）。

達也打開傘看向一旁，發現真由美仍然在仰望夜空，任憑雪花飄落。

「七草學姊，我認為最好撐個傘。」

達也說完，真由美就轉身露出尷尬的笑容。

「……學姊沒帶傘嗎？」

依舊掛著笑容的真由美，視線開始游移。

達也必須刻意避免自己嘆氣。他不認為在氣象預報準確率大幅提升的現代，會有人無視降雨機率。

「難道是出門的時候沒看氣象預報……？」

「今天早上太匆忙了……」

真由美以一副隨時會輕敲自己腦袋的表情回答。

達也將手上的傘遞給她。

「請用吧。」

「咦，不用這樣啦。」

這或許不算是理所當然的反應，總之真由美顯得驚慌失措。

「這不是下雨，是下雪，而且又不是很大……」

「是的，雪下得不是很大，所以我不撐傘也沒關係。請學姊拿去用吧。」

「咦，可是……」

「萬一害七草學姊感冒，十文字學長會修理我。」

達也一臉正經八百地遞出傘這麼說，引得真由美輕聲一笑。

「我認為十文字不會因為這種事動粗就是了……」

如此回應的真由美不是拿起達也的傘，而是將自己的左手放上達也撐傘的右手，然後就這麼靠近達也到令兩人的肩膀相觸。

「那，我們一起撐吧？」

對向車輛從達也左側經過。人行道夠寬，所以不會危險。只有車頭燈在這一瞬間照亮了真由美快樂的笑臉。

她的笑容如同孩童般純真。

「……知道了。」

真由美不改笑容，左手放開了達也的右手。

達也將傘傾向真由美所在的右方。

◇　◇　◇

達也只送真由美到搭上電動車廂。他原本打算送到家門口，不過真由美不知道該說是忠告還

是恐嚇的一句「想來我家嗎？我家人會歡迎你來喔」，使他不得已只好撤退。

達也一回家，深雪就一如往常地在玄關迎接他。她幫達也脫掉短大衣的時候微微蹙眉，是因為她聞到真由美身上香水的餘香，但深雪沒說什麼，甚至沒故意鬧彆扭開玩笑。

在一月的那個事件之後，她在達也面前的態度就變得膽怯了。

即使自認沒變，她面對達也時也已無法和以前一樣——和自己只是妹妹的那時候一樣。

從自己只是妹妹的那時候開始，深雪就不想被達也討厭。

然而深雪如今體認到，以前的自己沒懷抱真正的危機意識。

要是被討厭怎麼辦？光是腦裡掠過這個想法，胸口就會痛。要是丟臉吃醋，或是亂發脾氣惹哥哥生氣，害哥哥心灰意冷怎麼辦？只要這麼想，就會誤以為自己的血完全失溫。

如果是妹妹，就算被討厭也不會成為外人。兄妹的連結是切不斷的。

然而未婚夫妻這種關係，如果被對方討厭，就會決裂。

這樣自己將不再是達也的未婚妻，將會失去好不容易得到的這個地位。這是深雪「無法」承受的惡夢。不是「難以」承受。她知道自己受不了這種結果。昔日她認為自己絕對得不到這個地位，所以更是難以放手。要是被達也拋棄，自己大概再也活不下去了吧。深雪當真這麼想。

「我不在的時候，沒發生任何事嗎？」

背對深雪讓她幫忙脫大衣的達也又轉身面向深雪，如此詢問。

「葉山先生要我轉告一些事。我想在吃晚餐的時候說，請問可以嗎？」

她絲毫沒透露內心懷抱的不安，露出微笑回答。

加上水波共三人一起用餐時，深雪向達也說明了葉山打電話告知的內容。

「鎌倉嗎？」

「是的。鎌倉的西丘陵區，有一間周公瑾以假名買下的藏身處。顧傑就躲在那裡。」

「居然知道得這麼詳細嗎……」

達也很好奇葉山究竟是怎麼查出這個地方的，卻更疑惑為何知道得這麼清楚，卻沒採取逮捕行動。

「哥哥，您在擔憂什麼嗎？」

看出達也表情微妙變化的深雪問。

「不，我是在思考出招的步驟。」

但他沒有老實說出自己內心的疑問。要是對深雪這麼說，會變成在責備深雪為何沒確認這件事。想必即使自己沒這個意思，深雪也會這樣解釋吧。

達也早就察覺到現在深雪對他的每字每句或細微的表情變化，都變得過度敏感，也知道妹妹如此害怕著什麼東西。但是現在的他無能為力。因為他還無法在深雪耳際輕聲說出深雪真正想聽的話語。

「關於我們這邊要如何布局，我晚點再請教葉山先生。」

達也說完，就先暫時結束這個話題。

◇ ◇ ◇

就在這個時候，顧傑正要離開鎌倉的藏身處。

箱根恐怖攻擊事件主謀躲在鎌倉。至高王座大約在一小時前捕捉到這段通訊。這份資料提到的詳細地址是錯的，卻就在附近。要是拖拖拉拉地一直待在這裡，自己將會被包圍，無路可逃。

顧傑知道自己來日不長，卻不想親自進行自爆恐怖攻擊。

自己的所在地為何會被查得這麼詳細？連至高王座都不知道對方究竟是使用什麼手段搜查。因為通過網路的資料沒有記載。這一點令顧傑深感不安。因為要是不知道對方的底牌，就無從擬定對策。

將搜尋對象集中在黑羽貢的傳訊紀錄，或許找得到他提過這件事的資料。但如果搜尋條件設得太詳細，自己的至高王座管制員身分可能會曝光。

不對。顧傑換了一個想法。就算其他管制員知道他使用至高王座，也沒什麼太大的害處，因

為自己來日不長了。更重要的是，如果其他管制員也注意到四葉的諜報負責人，或許能對四葉造成不小的打擊。

然而現在沒時間了。現在得先悄悄離開這裡。顧傑盡量消除自己的痕跡，為這個藏身處被搜索時做準備。不只如此，他還做好妨礙對方追蹤的安排，並帶著真正必要的少數物品，朝著小雪紛飛的夜路踏出腳步。他不只運用五感，還讓其他的知覺全力運作，觀察周圍，不過沒看到監視的眼線。

「客人就交給你們款待了。」

顧傑對剛完成的傀儡下令之後，便前往下一個藏身處。

◇◇◇

美國西岸，當地時間二月八日上午七點。雷蒙德・克拉克草草吃完早餐就戴上至高王座的終端裝置，調查日本箱根發生的恐怖攻擊事件。

雖說是「調查」，不過一般所說的「事件真相」，雷蒙德從事發一開始……更正，他從策劃階段就知道這個事件了。他想知道的是引導事件邁向解決的英雄如何活躍。

如果沒發生事件，就沒有英雄登場的機會。

所以他不會提供防範事件於未然的情報。

要是歹徒逃之夭夭，讓事件以沒能解決收場，「旁觀」就沒有樂趣可言。

所以在搜查陷入瓶頸時，雷蒙德會提供或操作情報來支援英雄。在罪犯即將逃掉的階段提供破案線索，就能沉浸在「自己扮演重要角色」的美妙心情當中。這是雷蒙德愛玩的遊戲。

雷蒙德以至高王座檢視昨天的事件經過之後蹙起眉頭。

這次的事件即將朝著他不喜歡的方向進展。罪犯利用來自至高王座的情報逃離英雄陣營的追捕，對於雷蒙德來說是犯規行為。

他知道的，當然僅止於紀德．黑顧使用至高王座得知四葉已經查出自己的藏身處。他目前還不知道黑顧是否因而從藏身處逃亡。不過黑顧使用至高王座取得原本不應該知道的情報，這個行為本身是雷蒙德難以容許的。

雷蒙德認為至高王座是為導演或編劇準備的工具。是打造舞台的幕後人物使用的東西，要是劇中角色拿來使用，會和其他登場角色之間產生嚴重的情報失衡，導致整場演出失敗。無論身為觀眾或工作人員，都絕對無法允許這種犯規行為。

黑顧在扮演幕後黑手的時候使用至高王座，也不成問題。但是既然已經像這樣站上舞台，就不應該擁有這種搞砸整場戲的道具。

雷蒙德自稱「七賢人」。正如這個名稱所示，至高王座的管制員共七人。但是七名管制員只有雷蒙德自稱「七賢人」。這唯一的「七賢人」，決定向只有他知道的至高王座系統管理員申請刪除黑顧的帳號。

◇　◇　◇

二月九日星期六凌晨。

在距離天亮還有兩小時以上的黑暗中，達也騎著電動二輪車出發前往鎌倉。

他順利駕著愛車在五點前抵達鎌倉西部的丘陵地帶，也是黑顧躲藏的別墅區。

該處站著一個人影。即使還沒日出，這個人依然戴著大墨鏡，頭戴的報童帽壓得很低，圍巾裹到鼻子下方，身高以女性來說太高，以男性來說又太矮了。

由於對方身穿寬鬆大衣，所以也無法從體型判斷性別。只不過對於達也來說，「她」的性別一點都不重要。

達也取下右手手套塞進外套口袋，左手取出情報終端裝置，將螢幕朝向她。她也同樣將右手暴露在冰涼的空氣中，朝達也遞出情報終端裝置。

兩人同時以右手食指觸碰對方的情報終端裝置。

螢幕內建的掃描器啟動，終端裝置開始讀取指紋。

兩人幾乎同時點頭，將終端裝置收進上衣口袋，右手再度戴上手套。

「請帶路。」

「往這裡。」

吉見點頭回應達也，帶頭踏出腳步。達也留下機車，跟在她身後。

吉見在某棟別墅前面停下腳步。周圍沒有他人的氣息，但達也知道四葉家的實戰部隊已經包圍了這裡。這種隱藏氣息的方式不是黑羽家的戰鬥員。雖然無法確定是哪一家，但應該是其他分家的人員。達也感覺不到津久葉夕歌或新發田勝成的「存在」，所以可能是真柴家、椎葉家、武倉家或靜家。

總之，現在這種事也不重要。而且昨晚抱持的疑問也得到答案了。

發現這個藏身處的是黑羽家。但是基於某種隱情，攻堅時的包圍任務由其他分家負責，替換人手需要時間——達也是這麼解釋的。

據說顧傑會使用操作屍體的魔法。而且不是透過植入體內的ＳＢ操作，是直接操作死後肉體的術式。

精神干涉系的幻術對沒有靈魂的屍體無效，黑羽貢與他屬下擅長的「毒蜂」也對沒有痛覺的死者不管用。在戰鬥階段排除黑羽家是合理的調度。

黑羽家只留吉見一個人在這裡，推測是萬一沒能成功逮捕顧傑時，能立刻找到線索。

「這裡嗎？記得研判不在這個區塊。」

「之前錯了。」

吉見在圍巾底下低語。她講話沒講完整是故意的。聽說她行動時會盡量避免留下痕跡。不知道是身為諜報員的心態，還是學習特殊魔法之人得背負的禁忌所致。反正不是來往密切的對象，所以達也決定不去在意。

達也雙手抽出三尖戟，以精靈之眼看向祕密住處內部。

人形的物體共三個。

不是死人，是活人。

然而，那並不是普通人——

「所有人，耐熱、反魔法防禦！」

達也一邊大喊，一邊扣下手槍造型ＣＡＤ——三尖戟的扳機。

瞄準達也與吉見的魔法式消散了。

屋子在同一時間熊熊燃燒起來。

達也發動「跳躍」術式，大幅往後跳。

吉見跳到比他更後面的位置。達也頭也不回地直接加重語氣告知。

「顧傑不在。裡面是三具『施法器』。」

強化魔法師「施法器」埋伏偷襲。代表這邊的襲擊計畫外洩了。

但是達也與吉見都沒有白費唇舌對此提出質疑，或是討論情報洩漏的路徑。

「請把他們三人的屍體都留下來。」

吉見只如此要求達也。因為要是以「雲消霧散」消除他們的話，即使用她的魔法，也無法取得線索。

這同時代表不用活捉。戰鬥難度因此大幅降低。對於殺人沒什麼抗拒感的達也很感謝她如此要求。

「退後。我一個人打。」

吉見點頭回應，再度向後跳。同一時間，逐漸縮小包圍網的分家戰鬥員也停止前進。

熊熊燃燒的屋內射出魔法。術式是「引火」。沒有啟動式的展開程序。

（是近似超能力的能力特化型施法器嗎？）

「引火」魔法式射向己方藏身的樹叢及房屋。達也一邊推測著敵方的真實身分，一邊分解魔法式。

即使是四下無人的時段，發生這麼大的火災，就會有消防隊過來。幸好別墅區大多是空屋，但鐵定快要有附近居民來確認狀況了。

不能花太多時間。

達也以銀色ＣＡＤ三尖戟瞄準烈焰籠罩的房屋，發動「雲消霧散」。

他的「分解」無法滅火。

即使分解建築物，也只會導致可燃物質一口氣外露而驟然焚燒。要是劇烈燃燒耗盡周圍氧氣或許能滅火，但一個不小心就可能產生衝擊波，重創城市。而且達也自己遭遇缺氧也是吃不完兜著走。

所以他並非瞄準整棟建築物。分解的對象是支撐屋頂的柱子。

失火的祕密居所受到上方擠壓，開始崩塌。

火焰突然從化為瓦礫的房屋中消失了。

這無須驚訝。既然擅長點火的魔法，正常來說也會精通滅火術式。對方能夠躲在持續燃燒的屋內使用魔法，大概是因為身穿防火裝備，不過先不提輻射熱或對流熱，照理說裝備性能應該不足以長時間承受火焰直接燒灼。

三個人影推開瓦礫起身。

身穿防火服的施法器，同時朝達也使用「引火」。

纏附在身上的魔法式映入達也眼簾。

魔法式還沒發揮效力，達也就從全身釋放想子。

雖然壓縮程度不足，但是戰鬥中的活性化想子和「術式解體」屬於相同系統，可以輕易震飛魔法式。這是以達也的想子擁有量，才能使用的暴力招式。

達也立刻發射三連分解魔法「三尖戟」。

施法器展開的事象干涉力「力場」隨之瓦解。

保護施法器身體的情報強化鎧甲飛散消失。

然後，施法器胸口出現拳頭大的洞。

從洞裡流出的血沒有力道。

達也繼續扣兩次扳機。

三具施法器失去心臟，仰躺倒下。

達也就這麼架著ＣＡＤ走向瓦礫，停在瓦礫前方不遠處。

吉見從俯視屍體的達也後方跑過來。尺寸不合的大衣使她看起來好像很遲鈍，但她的身手和外表相反，相當敏捷。

不只是她。先前一直躲著的分家成員們，也接連從藏身的暗處現身。

消防車的警笛聲從遠方接近。火已經熄滅，但消防車不會因而掉頭。差不多該撤收了。

吉見超越達也，踩著不只熄火，也失去熱度的瓦礫接近屍體。戰鬥員們也聚集到死者周圍，躺平的三具施法器體內，閃爍著淡淡的想子光。

延遲發動型魔法式活化了。恐怕是以對象死亡當成引信的術式。

達也迅速舉起握著CAD的右手。

失去心臟的施法器彈跳起身，襲擊附近的人。其中一個目標是吉見。

——將死者化為傀儡的魔法「殭屍術」。

吉見反射性地要後退，卻被瓦礫絆住，差點跌倒。

來不及使用迴避魔法。

達也將CAD瞄準襲擊吉見的屍體，扣下扳機。

——分解情報體的魔法「術式解散」。

施法器體內的想子光消散。

三具施法器就這麼以雙手舉高的姿勢倒在瓦礫上。

傀儡回歸為屍體。

「謝謝……」

吉見轉身說。雖然墨鏡與圍巾遮住她的表情，聲音卻透露出慌張、安心與謝意。

「應該沒問題了。」

吉見點頭回應達也這句話，並且指示戰鬥員們帶走屍體。

達也留下執行任務的他們與吉見離開現場，前去回收愛車。

◇ ◇ ◇

雖然達也就這麼讓顧傑逃之夭夭，但是在緝捕箱根恐怖攻擊事件主謀的各團隊之中，他的功績算是處於領先地位。

同樣負責搜索恐怖分子的千葉壽和警部，甚至還沒發現幕後黑手的蹤跡，正在四處奔走尋找線索。

壽和回歸「辦案從案發現場開始」的原則而來到箱根時，意料之外的某人打電話給他。他訝異得睜大雙眼，將語音通訊元件戴上耳朵。

『喂，請問是千葉警部嗎？我是藤林。』

聽筒傳來的也確實是藤林的聲音。雖然幾乎不可能是別人介入通訊系統假扮，卻不由得會如此懷疑。這通電話就是令壽和如此意外。

『抱歉在工作的時候打擾。』

「沒關係。如果是藤林小姐打電話，我隨時都很歡迎。那麼，請問有什麼事？」

壽和揮手趕走靠過來的稻垣，自己也離開搜查員的聚集處。
『不，並不是有什麼特別的事……只是很在意昨天那件事。』
「妳為此特地打電話給我？」
即使辦案狀況不甚理想，壽和還是覺得很高興。
『是的。警部先生見過「傀儡師」之後，有沒有發生什麼怪事？』
「怪事……嗎……？關於死靈術，他一直講一些辦案時沒什麼參考價值的艱深話題，害我有點累。」
『不，我不是說這個……警部先生有發生頭痛或睡不好的症狀嗎？』
「沒有明顯的感覺。」
接到電話居然這麼高興，壽和心想「我又不是國高中生……」暗自對自己苦笑，只有回答時的語氣維持一如往常的悠閒。
『這樣啊……』
電話另一頭傳來表達放心的感覺。
壽和沒察覺自己在傻笑。也沒聽到稻垣說「您這是怎麼回事，好噁心」的低語。
「妳在擔心我嗎？」
『……我很擔心。不過看來是我多慮了。』

藤林的聲音聽起來有點嬌羞，使壽和的嘴角愈來愈放鬆。

『那麼警部先生，祈禱恐怖攻擊事件的主謀儘早落網。』

「謝謝。藤林少尉在工作崗位也請加油。」

講完電話的壽和，一臉快活地回到原本待的地方。稻垣以疲憊至極的表情迎接他。

「稻垣，怎麼了？你氣色好差。」

「只是剛才有件事害我累了，請別在意。」

稻垣以指尖按摩太陽穴，大概是頭很痛吧。

「別勉強啊。」

壽和將這個動作解釋成平常稻垣故意做給他看的肢體語言，笑著離開他身邊。

◇ ◇ ◇

跟壽和講完電話的藤林面前，坐著一名注視螢幕的女士官。

「意識沒有受到干涉的痕跡。」

這名士官抬頭向風間報告分析結果。

她是專精心理分析的特技兵（特殊技能兵），尤其擅長發現被洗腦的官兵並且解除洗腦。她可以從對方回答問題時的音調高低起伏、講話速度、呼吸間隔、眼球動作、心跳或體溫的變化等等，判定對方是否被催眠。即使是剛才那種只有語音的通訊，也只要使用軍用的音響分析裝置，就甚至可以收到心跳聲，足以讓專家判斷對方是否處於催眠狀態。

「近江圓磨是清白的嗎……」

風間點了點頭，對特技兵說聲「辛苦了」。她起身敬禮之後，便推著堆放機材的台車，離開了房間。

「抱歉讓妳接了這份討厭的工作。」

「別這麼說……不過隊長，這樣還是很危險吧？即使千葉家是現代魔法的權威，技術卻偏向身體的操作，對於精神干涉的抗性是未知數。」

老實說，這次引導壽和拜訪「傀儡師」，是旅長佐伯少將的指示。不對，這次行動並不是針對壽和。這是在複數情報販子不知情的狀況下，將嫌犯名單放流給他們，等到警方為了調查箱根恐怖攻擊而尋找屍體操作魔法的專家時，就引導警方去找疑似是崑崙方院餘黨的魔法師。

洛提柏特就是放流對象之一，但店長並未實際協助風間他們。情報販子會介紹哪個人選，都是讓他們隨便挑。藤林這幾天前往洛提柏特是要協助設局，但店長介紹近江圓磨完全是偶然。

所以藤林雖不算是把壽和當成誘餌，但心情依然沉重。

「與其用這種引蛇出洞的迂迴手段來揪出後台，我們也加入恐怖攻擊事件的搜查，不是比較好嗎？」

「中尉，本隊……更正，本旅不介入箱根恐怖攻擊事件。這是佐伯閣下的決定。」

「是……」

「必須避免本一〇一旅看起來像站在十師族那邊。」

「是，屬下明白。」

佐伯少將設立的國防陸軍一〇一旅，出發點是為了對抗以十師族為頂點的民間魔法師戰力。佐伯將十師族長老暨退役少將九島視為政治上的競爭對手，即使當事人沒這個意思，事實上「反十師族」與「反九島烈」的勢力也是國防軍內支持佐伯的根基之一。

不過，一〇一旅和十師族領導階級的四葉家暗中處於合作關係。如果只有這一點曝光，那還有辯解的餘地，但是表現出來的態度不能和十師族走得比現在更近。

「中尉，辛苦妳了。」

「是。屬下告辭。」

藤林向風間敬禮，離開房間。

藤林身為大隊的副官，有一間雖然小，卻專屬於自己的辦公室。大隊司令室（也就是風間房間隔壁）是她的房間。

藤林坐在桌前，思索剛才的那通電話。

大隊未指示情報販子要提供哪個情報，而且洛提柏特店長那樣高強的情報販子也能輕鬆忽略國防軍的壓力。就算她沒介入，壽和應該也會去找「傀儡師」。但這不是能這麼輕易看開的事。冷靜思考過程就能發現，藤林可以說是在暗中協助了可能被洗腦的壽和。但是大隊竊聽壽和的電話並利用他，也是千真萬確的事實。藤林無法輕易抹除這股罪惡感。

回憶電話內容的時候，藤林輕聲失笑。

壽和稱呼她「藤林少尉」。他明顯不知道藤林晉階了。

雖然軍方和警方的組織不同，但是晉階人事令會刊登在公報上。如果壽和有在注意藤林，那他會發現這件事也不奇怪。因為只要登錄到搜尋工具就好。

（感覺他去年秋天的時候還很熱烈地追求我……不過看來只是心血來潮呢。）

（不過，當時我也是用煞有介事的態度將警部先生耍得團團轉……所以彼此彼此吧。）

藤林如此心想，決定一笑置之。

掠過內心的些許落寞，她決定當成是自己多心了。

[8]

二月十日，星期日。時間將近下午三點。

達也帶著深雪造訪北山家。不對，正確來說應該是深雪帶著達也造訪。

兄妹今天來北山家，是因為雫昨天在教室邀請深雪。題外話，深雪聽到要舉辦茶會，剛開始還心想是不是穿和服比較好，但雫說「雖然是喝茶，不過也只是紅茶」，讓深雪羞得臉紅了。

兩人被帶到一間不用脫鞋的時尚西式房間。達也看到掛在牆上的畫與擺在牆邊的壺，心想「不知道究竟多貴」，不過他馬上就不再多想了。達也與深雪都不是小孩子了，不用擔心弄破或弄傷，不過想到那些東西的價值，就令人渾身不自在。

他們進入房間時，雫已經就坐了。她身穿束領的長袖過膝連身裙，加上高跟包頭鞋。雖然不到小禮服那麼鄭重，卻肯定有意識到那種風格。

其實深雪也穿類似的服裝。深雪在家裡徵詢過達也要穿休閒還是正式服裝，達也為幸好自己沒有猜錯暗自鬆了口氣。

達也自己則是平凡的黑色西裝。他原本也想過穿學校制服赴約，不過考量到要配合深雪的打扮，就還是選擇穿西裝。

看到達也與深雪的雫立刻起身。

「歡迎光臨。」

雙手併攏恭敬鞠躬的動作相當見外。

「感謝邀約。」

達也配合雫回以雖然缺乏優雅，但以禮儀來說無懈可擊的問候。深雪也在哥哥身後半步的位置回禮。無從挑剔，優美典雅的鞠躬。

「請坐。」

雫催促達也他們坐下。她一如往常沉默寡言，動作的禮貌程度卻是平常的兩倍。大概是基於某些原因，今天的她似乎是「大小姐模式」。

雫朝身旁待命的侍女使眼神。雖說是侍女，但年齡是三十歲出頭。她長得很標緻，不過達也與深雪一眼就看出她不只是因為外表，而是因為技術才會獲選在這裡服務眾人。

她打開放著時尚造型熱水壺的電磁爐開關，壺裡的水立刻發出聲音，開始沸騰。應該是預先準備了即將沸騰的水吧。

侍女從保溫機取出茶壺，將茶葉放入經過充分加溫的壺內。

熱水壺的水一沸騰，她就關掉電磁爐，將大量熱水注入茶壺。

侍女迅速蓋好茶壺後，便看著下方後退一步。

「達也同學，如果你比較喜歡喝咖啡，可以立刻派人準備喔。」

講話方式和平常一樣，氣氛卻不一樣。看來雫有點緊張。

「不，我也喜歡喝紅茶。」

達也同樣先至少回復為平常的口吻。他沒追問雫在緊張什麼。反正應該很快就會知道了，感覺沒必要催促。

「話說回來，雫……」

深雪也像達也一樣，以一如往常的語氣詢問。

「今天穗香不來嗎？」

「嗯……呃，這個嘛……」

雫含糊其詞，暗示別詢問理由。

話語就此中斷。三人之中交際手腕最好的深雪，也沒有勉強接話。

「大小姐。」

在沉默之中，在雫身旁待命的那位侍女突然搭話。

「咦，啊，謝謝。」

她是在提醒紅茶不要悶太久。雫打開壺蓋，在以茶匙輕輕攪拌之後再度蓋上。

接著她拿著陶瓷濾茶盅，拿起茶壺，將紅茶平均注入三個茶杯。注入最後一滴的那杯端給達也，旁邊那杯放深雪面前。

「請用。」

「謝謝。」

達也出聲道謝，深雪默默行禮，然後兩人拿起茶杯。

「好喝。」

深雪喝一口之後說出這句感想。在旁邊的達也也深深點頭。

「雫，不只是抹茶，紅茶妳也泡得很好耶。」

「沒什麼了不起啦……」

雫有點害羞地移開目光。

「深雪，原來雫有招待妳喝過抹茶嗎？」

「是的，哥哥。雫做的抹茶非常好喝喔。」

「……深雪比較會泡。」

雫以冷漠語氣（明顯在遮羞）回應，突然將目光移回深雪身上。

「深雪，哥哥？」

「咦？喔……」

深雪一瞬間不知道雫在說什麼，不過也立刻理解到她是在問「明明是表哥，為什麼稱呼『哥哥』？」這個問題。

不過現在問這個也太晚了。因為雫在學校經常聽深雪叫達也「哥哥」。

「因為從國中就一直這樣叫……習慣這種東西真的很難改呢。」

但深雪依然仔細回答。大概是因為內疚，她還加上了沒必要的說明。

這個回答引來新的疑問。

「從國中？」

「是的，那個……當中有很多理由。」

深雪含糊帶過。因為她是國一夏天在沖繩遭遇那個事件之後，才開始叫達也「哥哥」。在這之前，母親禁止她在家裡把達也當成哥哥對待。

即使當時是完全不懂事的孩子，不過對最愛的哥哥採取失禮態度的那段時光，對於深雪來說是不願回想的討厭記憶，背後原因也是絕對不能透露的祕密。

尷尬的沉默再度降臨。

不過，這次的轉機來得正是時候。這時傳來一陣敲門聲。

和幫忙準備紅茶的女性不同的另一名侍女前去應門。

「大小姐，老爺來了。」

「請他進來。」

雫沒徵詢達也他們的意願，立刻回應。

看來今天的邀請來自雫的父親。達也立刻察覺這個事態。

「抱歉打斷你們聊天。」

雫的父親——北山潮站在雫身旁，和已經起身的達也與深雪打招呼。潮身穿領扣襯衫以及雙排扣毛線外套，雖然是輕便的打扮，卻完全不會給人邋遢的印象。

「我們才要說打擾了。」

如果潮是邀請達也他們前來的當事人，出言感謝潮的邀請比較妥當，但達也始終維持「令嬡雫邀我們來玩」的立場。他認為這樣對方也比較方便說話。

經濟界的大人物做這種拐彎抹角的安排，究竟有什麼目的？達也的戒心比好奇心重。他不認為自己與深雪只是區區的高中生。四葉家的名號值得經濟界的龍頭拉攏，或是視為敵人。

以前，雫的母親曾經以疑惑的形式對達也敬而遠之，那是一個家長為了保護女兒，而想讓女兒遠離身分不明對象的情感反應。但達也不認為潮是基於相同目的叫他們過來。

「不不不，是我厚臉皮打擾年輕人的聚會。」

「請千萬別這麼說。原本應該由我們主動拜會才對，請原諒我們如此失禮。」

「邀請你們的是雫，所以不用在意這種事，而且其實也沒必要拜會。話說回來，方便我厚著臉皮請教一些事嗎？」

「您願意的話，請儘管問。」

「太好了。那麼，坐下聊吧。」

潮說完就坐到達也正對面。緊接著，達也、深雪與雫也同時坐下。

「那麼，我要說的不是別的，就是社會對於魔法師的抨擊。」

這個話題在達也推測的範疇內，但潮劈頭就進入正題，讓達也有點意外。

「因為我的妻女都是魔法師，所以我也無法不關心這件事。現在這個國家將魔法師視為眼中釘，十師族打算如何回應這股蔓延的風潮？」

「雖然無法說明細節，不過在下是在上次除夕，才被認同為四葉家的一分子，至今也和在場的深雪一起在遠離本家的地方長大。我們還沒有立場得知十師族的詳細決議。」

潮大方點頭回應達也的回答，絲毫沒露出懷疑的眼神。

「這樣啊。我聽內人說過，領導日本魔法師的十師族有各種和常人不同的規矩或習慣。」

達也微微低頭表達附和。

不用說，潮這個話題沒有就此打住。

「不過，應該不是完全沒聽說吧？可以告訴我一些不會不方便透露的事情嗎？」

達也知道的只有關於己身任務的部分，而且四葉家也沒特別禁止透露任務內容。

「這件事已經公開，所以我想您已經知道了，就是十師族正在尋找前幾天恐怖攻擊的主謀。雖然最終會交由警方逮捕，不過在下也加入了搜索行列。」

「原來如此。透過日本魔法協會發表的聲明，目前正在進行啊。所以，媒體那邊不採取任何對策嗎？」

「關於這部分，在下不知情。」

「這樣啊……」

潮嘆了口氣，原本在一旁待命的侍女在他面前輕輕放下茶杯。潮以眼神慰勞這名侍女，以剛泡好的紅茶潤喉。

「如我剛才所說，反魔法主義的論調，我也不能置身事外。如果十師族希望我協助，我可以去跟媒體協調。」

確實，以北山潮的財力，應該可以對媒體造成一定程度的影響。即使無法翻轉當下敵視魔法師的輿論，也肯定能降溫。

達也應該也非常感謝潮如此提議。他也沒小看輿論的力量。即使是堂堂四葉家，也得依附日本社會才站得住腳。「當前」的世界下，魔法師沒有創立自治領域，從國家獨立的餘地。

「很遺憾，在下沒有立場代表十師族。在師族會議，在下與深雪甚至不是四葉家代表。」

不過，達也的回覆很消極。

「而且，現況要是北山先生站在魔法師這邊介入媒體的話，在下認為對於雫小姐來說不是件好事。」

潮的雙眼隱含犀利的光輝。如果先前都是父親的表情，那麼現在應該就是日本代表性大企業家的表情。

「為什麼？」

「反魔法師運動是反社會運動的型態之一。魔法師只不過是成為世人對社會不滿情緒的出氣筒。北山先生原本就是容易成為不滿分子目標的大富豪，在下認為不應該提供煽動的材料給他們。那種傢伙行事不會顧慮對象是誰。不只是同為魔法師的伯母或雫小姐，他們的惡意甚至可能殃及航小弟。」

潮拿起茶杯，送到嘴邊。

他不是口渴，是要推敲達也這番話。

「……我認為將世人對魔法師的批判都歸類為無政府主義這種做法很危險，但我知道你在為我的兒女著想。不過，你甘願這樣嗎？」

「如果魔法師……更正，如果第一高中的學生成為犯罪的受害者，到時候在下或許會再請您協助。」

「……所以你不打算防範於未然？」

「想要在校外監護所有學生的行動，是天方夜譚。在下會提醒大家小心，但應該很難做得更多了。」

「確實沒錯。」

潮向達也投以打量般的視線。

但是這雙視線立刻埋沒在泰然的笑容裡。

「我知道你的想法了。我也暫時靜觀其變吧。不過要是事態惡化，就立刻來找我商量。雖然強調這麼多次好像很煩，但我也不能置身事外。」

「知道了。到時候就請您多多關照了。」

達也低頭致意，潮也在點頭之後起身。

「打擾你們了。請放輕鬆自便吧。」

潮對起身行禮的達也與深雪說完，便離開房間。

◇　◇　◇

達也之所以婉拒北山潮的提議，是因為操控媒體不在他的工作範圍內。

並非因為十師族認為不需要介入媒體。達也他們兄妹造訪北山家的當晚，七草弘一邀請國會議員上野來到一間高級餐廳。

上野議員是以東京為地盤的執政黨年輕政治家。他以親近魔法師的議員聞名。直到最近都相傳下屆大臣肯定有他的位子，但是最近的反魔法師風潮成了阻力，使他現在陷入微妙的立場。但事到如今也沒辦法跳到反魔法師陣營，使他這幾天被迫保持沉默。

男服務生送上餐後咖啡的時候，弘一指示他關上包廂，暫時別讓任何人進入，然後重新看向上野。

「這一餐吃得還開心嗎？」

「開心，這是一頓非常出色的料理。」

「那太好了。我也這樣轉告主廚吧。」

「不，我自己告訴他吧。最近赤坂或新橋經常有人偷窺或竊聽，沒辦法好好放鬆，所以這種店很難得。」

弘一與上野幾乎同年，交談的語氣自然變得隨和。

「那麼，七草先生，差不多該請教您有何貴幹了。」

上野結束客套話，催促弘一進入正題。

「就我推測，應該是要討論媒體對策吧？」

「不愧是上野議員，事實就如您所說。」

弘一隨口捧了上野一下，但上野只有苦笑。現在這種狀況，弘一找上野出來只會是為了這件事。上野似乎不覺得反感，但他自覺知道這種事是理所當然，所以也沒被奉承得心花怒放。

「既然是七草先生的委託，我也做好了要背負相當風險的心理準備。向媒體施壓就好嗎？還是要幫忙擁護你們，強調魔法師也是受害者，社會應該憎恨恐怖分子？」

上野咧嘴一笑。雖然他的從政經歷還很淺，卻已經習得執政黨政治家置身於權力鬥爭戰場中的魄力。

「不，我不想這樣強人所難。」

但弘一沒懾於他的魄力。如果弘一接受上野的提議，將會欠下很大的人情，那麼一來，今後七草家應該會任憑上野予取予求，被迫提供各種服務吧。

在現在的十師族之中，弘一和權貴人士協商的經驗最多。上野的能耐還不足以在面對弘一的時候掌握主導權。

「我希望上野議員在反魔法師團體危害魔法師的時候嚴加監視，防止事件被壓下來。」

相較於上野的提議，弘一的委託低調得多。

「不原諒犯罪是理所當然的……不過只要這樣就好嗎？」

上野疑惑詢問，弘一笑著搖頭。

「上野議員，理所當然的事情理所當然受到保護，這樣的社會正是善良市民的心願喔。比方說，就算第一高中的學生被反魔法主義的示威隊伍施暴，也可能只以『受害者是魔法師』這個理由謊稱是正當防衛。」

「不，總不可能發生這種事吧……」

「真的嗎？」

弘一墨鏡底下的義眼射出了一道詭異的光芒——這時候的上野有這種錯覺。最後懾於對方氣勢的是上野。

「因為感覺到可能會被對方使用魔法的潛在威脅，所以訴諸暴力自衛，這是正當防衛……您真的能斷言媒體或那個在野黨議員不會支持這種論點嗎？」

弘一靜靜投以微笑，上野倒抽一口氣。

「自己先威嚇或挑釁，一旦對方稍微顯現反抗態度，就打著任性的歪理訴諸暴力手段，而且政客或媒體會擁護、助長這種行為。您認為這種事真的不可能發生嗎？」

「這……」

「虛偽或非法行為即將曝光的集團，以煽動、威嚇或暴力手段試圖壓下對方的訴求，我認為這種事並不稀奇。但是對於遭受損失的當事人來說，這是無法容忍的做法。魔法師就算控訴受害也沒人肯聽——我擔憂這個國家陷入這種令人遺憾的狀態。」

「七草先生，難道您……」

上野的聲音不穩地顫抖起來。他恐懼的不是弘一提出的可能性。

「您想犧牲魔法科高中或魔法大學的學生，翻轉輿論嗎……？」

弘一收起微笑，回望上野。

「什麼事都沒發生是最好的。不過，世間對於魔法師的不當暴力，『光靠我們』不可能完全防範於未然。」

弘一就這麼和上野四目相對，若有含意地加深笑容。

「就算警察全力監視，也只會在出事的時候介入吧。所以上野議員，請您協助在事情發生之後進行『正確』的處置。」

「……知……道了。」

上野結結巴巴地允諾後，弘一再度朝他露出詭異的笑容。

◇◇◇

二月十一日，星期一。一如往常和深雪與水波一起上學的達也在前往教室的途中，感覺校內莫名嘈雜。

顧傑發表犯行聲明的隔天早上，校內氣氛也很浮躁。但是這次的性質不一樣。雖然也包含不安，但主要成分看來像是好奇心。如果只擷取這部分，很像莉娜前來留學第一天的氣氛。

二年E班的教室也不例外。

「早安。」

「美月早安。大家看起來很心神不寧，發生了什麼事？」

達也一邊道早安回應美月，一邊詢問她是否知道些什麼。

「我也不知道詳情……不過第三高中的一条同學好像要來我們學校喔。」

「一条？」

雖然沒有大喊，但這個消息也令達也忍不住驚訝。

如果將輝只是來到東京，那就不值得驚訝。達也聽真夜說過，將輝要在克人的麾下負責搜索恐怖分子。為此可能會向學校請長假，暫時住在這裡。這些都在可以預測的範圍之內。

但如果只是這樣，將輝沒必要來第一高中。第一高中所在的八王子雖然同樣在前東京都內，卻距離十文字家的宅邸很遠。而克人就讀的魔法大學在練馬，也絕對不算近。但也很難想像他是要處理別的事情，才順便過來一趟。

總不可能是轉學到第一高中吧……

「美月，妳這件事是聽誰說的？」

「我。」

回應來自達也的背後。艾莉卡不是從窗戶探出上半身，而是進入E班教室，站在他身後。

「艾莉卡，早安。所以，妳是在哪裡看到一条的？」

達也轉身詢問。

「我沒有直接看到就是了。」

差不多快要放棄讓達也嚇一跳的艾莉卡沒有露出覺得無趣的表情，直接回答。

「有人說看到教頭帶著一条同學進校長室。我剛才到處找認識的人打聽，結果有不少人都這麼說，所以應該沒錯。」

艾莉卡的人面比達也廣得多。在第一高中，認識達也的學生比艾莉卡多，不過達也在第一高中認識的學生人數遠遠比不上艾莉卡。

這樣的艾莉卡四處奔走，驗證了這個情報。達也認為將輝應該是真的來到第一高中了。

「校長室嗎……」

而且教頭專程帶將輝到校長室，應該也是事實吧。達也心想，這個「總不可能」的狀況或許會成真。

深雪無法像達也那麼從容地置身事外進行推理。

「如各位所知，一条同學是第三高中的學生，不過這次因為家庭因素，所以要在東京生活一個月左右……」

站在教室前方的不是A班的指導老師，而是教頭八百坂。他身旁是一条將輝。

光是將輝在這裡就該驚訝了，但教頭前來說明的內容過度令人意外，學生們一度聽不懂。

沒有學生在教頭面前竊竊私語，教室卻充滿浮躁的氣氛。這股無言的嘈雜在八百坂說到「家庭因素」時更顯強烈。A班沒人聽不懂這四個字的意思。家庭，也就是一条家的因素。無論是男學生還是女學生，都認為肯定和前幾天的恐怖攻擊事件有關。

不過，男學生與女學生看向一条的視線溫度卻有不同。

「教頭，意思是第三高中的一条同學要轉學到我們班嗎？」

一名女學生舉手，提出也是自身願望的這個問題。

這部分已經說明過了，但八百坂耐心地再次說明。

「不是轉學。看制服就知道，一条同學的學籍依然在第三高中。只是他住在東京的這段時間沒辦法到金澤的第三高中上學，所以本校會讓他使用這班的終端機，利用魔法大學與魔法科高中的網路上第三高中的課。」

說來遺憾，二年A班上個月有一名學生退學，而這名學生的桌椅也就這麼閒置。

「關於實習課或實驗課，雖然無關學分，但會請他和各位一起上課。這對於一条同學或是各位同學來說，肯定都會成為很好的刺激。希望各位和睦相處，相互砥礪。那麼，一条同學。」

在八百坂的催促之下，將輝前進半步。

「我是第三高中的一条將輝。本次在第一高中的各位盛情安排之下，很榮幸得以一起向學。雖然只有短短的一個月，還請各位多多指教。」

將輝低頭致意的同時，教室裡響起了溫暖的掌聲。二年A班一年前也迎接過留學生莉娜，是第一高中裡最習慣這種突發事件的班級。百山校長也是考量到這一點，才把將輝編進A班。

絕對不是顧慮到一条家對四葉家提親。

——但深雪無法不這麼質疑。

她掛著笑容拍手的同時，也在內心暗自嘆了口氣。

◇◇◇

這天的午餐時間，將輝沒和深雪同桌。他和森崎那群人在一起，看來是決定先和A班的男學生培養交情。

「真意外。」艾莉卡在不遠處的座位看著這一幕輕聲說。

「我還以為他會黏著深雪……」

「突然這麼做的話，男生跟女生都會討厭他喔。」

幹比古苦笑反駁艾莉卡這個過於正直的感想。

「莉娜是女生，所以就算和深雪在一起，感覺也是理所當然，但一条同學是男生嘛。」

穗香同樣掛著笑容附和幹比古。

「說得也是。要是第一天就追著女生屁股到處跑，王子的形象就掃地了。」

「艾莉卡，別說什麼屁股啦……」

艾莉卡以有點低俗的形容方式表達認同，使得美月害羞地勸誡。

艾莉卡朝美月咧嘴一笑。

「這樣講哪裡怪嗎？」「就說屁股……」「不能說屁股？那就屁屁吧。」「艾莉卡……」

「莉娜是怎樣的女生？」

雫無視於開始嬉鬧的艾莉卡與美月（也可以說艾莉卡單方面捉弄美月）詢問穗香。

「這麼說來，好像很少和妳提到莉娜的事？」

莉娜以交換留學生的「名義」轉學到第一高中，而交換的對象是雫。加上出國與回國的時間也都錯開，所以雫完全沒見過莉娜。

「聽說是金髮的超級美少女。」

「沒錯。金色的頭髮跟藍色的眼睛都非常鮮豔，是個很可愛的女生。」

「比深雪可愛？」

「咦？怎麼可能。」

穗香反射性地回答，瞥向掛著為難笑容的深雪。

「唔～類型應該不一樣。深雪算是美麗型的吧？」

雫瞥向更加為難的深雪，頻頻點頭。這對手帕交的行為模式很像。

「不過，我認為莉娜真要說的話是可愛型。她臉蛋端正得像是高價的陶瓷娃娃，給人的感覺卻頗為脫線……應該說親和，又容易得意忘形……樂觀開朗又活潑。」

「我想，妳講的都是同樣的意思。」

「唔……總……總之，給人的感覺是道地的美國人。」

「妳這是對美國人的偏見……」

「綜合來看，和深雪不相上下！」

穗香以氣勢帶過雫的吐槽。

「不只如此，她的魔法力也很強，這部分也和深雪不相上下！」

穗香做出這個結論。

「和深雪平分秋色？這就厲害了。」

雫似乎也很在意這一點，沒執著於自己剛才的吐槽。

「而且就某方面來說，莉娜也是代表ＵＳＮＡ來日本。」

達也這番話引得艾莉卡與雷歐咧嘴一笑。但兩人都知道莉娜的真實身分是祕密，不會在這種不知道有誰在偷聽的地方說溜嘴。

唯一不知道莉娜真實身分的雫不曉得艾莉卡他們為何露出暗藏玄機的笑容，覺得疑惑。

「即使不提魔法力，她也是個相當『歡樂』的女生喔。我想雫肯定也會喜歡她——因為她這個人滿滿都是吐槽點。」

在雫的疑問朝奇妙的方向進展前，達也隨口追加這段評語。

「達也同學，我又不是吐槽大王。」

「哥哥……您這種說法，我認為對雫與莉娜都很失禮。」

雫與深雪接連抗議，達也笑著說了句「抱歉」。

「話說回來，我做夢都沒想過一条同學會來一高。請問有說明他轉學過來的原因嗎？」

幹比古看到莉娜的話題就此告一段落，便朝A班的三人詢問自己從早上就一直很在意的事——此外，語氣之所以變得客氣，是因為詢問對象包括深雪。

「老師說不是轉學。」

「他基於家庭因素暫時住在東京，要用我們學校的終端機連線上理論科目的課。由於學籍一樣在第三高中，所以制服還是第三高中的，沒換成一高制服。」

「『家庭因素』是指一条家？」

幹比古聽完穗香的說明，蹙眉看向達也。

「既然是這個時期，應該和恐怖攻擊事件有關吧……達也，你知道些什麼嗎？」

被這麼問的達也沒說謊，也沒行使緘默權。

「你知道十師族透過魔法協會發表聲明吧？」

「唔……是要找出恐怖攻擊主謀的那個聲明？」

「一条來東京就是要執行這項任務。順便補充一下，七草學姊、十文字學長與我也有加入搜索行動。」

這次的任務就某方面來說，也是要讓世間看見十師族對於恐怖攻擊並非袖手旁觀。透過魔法協會發表聲明也是其中一環。達也理解這一點，所以沒理由不說明。

「是喔……我說啊，達也……」

「什麼事？」

「那個，我也來幫忙吧？」

不過，幹比古這個反應出乎達也的預料。

十師族尋找恐怖攻擊的幕後指使者——顧傑，並不是因為自己遇襲就打算報復。何況緝捕殺人、傷害、爆炸案件的教唆犯，原本應該是警方的工作，身為平民的十師族進行搜索是不合道理的越權行為。

十師族是要應付輿論，才「協助警方搜索恐怖分子」。找十師族以外的人幫忙也沒什麼太大的意義。

「我反倒希望幹比古注意反魔法師團體。」

達也將幹比古的關心引導到別的方向。但他並不是轉移話題，這個問題也不能扔著不管。

「反魔法師團體？」

「告訴我本校學生被不明人物偷拍或謾罵的人可是你喔。」

「啊，喔。原來你在說那件事。」

這是幹比古在本學期第二週的週一提交風紀委員會的活動報告時，所提到的內容。

「……虧你記得那種才講沒幾句的閒聊。」

「我反而覺得你居然會忘記啊。」

達也出乎意料地這麼一酸，令幹比古默默反覆眨眼。

「恐怖攻擊事件發生前就是那種狀態了。在輿論開始批判魔法師的現在，以人類主義者為首的那些看魔法師不順眼的傢伙，可能會更直接地對本校學生動粗，我們不能無視於這一點。」

達也斷定的說法刺激了幹比古的危機意識。他低頭沉思，接著立刻拿出行動終端裝置檢視起某些資料。

「現在還沒收到學生遭施暴的報告……不過，在校外遭到惡整的事件明顯變多……」

幹比古檢視的資料，是風紀委員會從學生那裡收集的受害報告。

「抱歉，達也。看來我真的痴呆了。在你剛剛那麼說之前，我都只注意校內的狀況。」

幹比古如此自責，但他也有值得同情的難言之隱。恐怖分子（顧傑）上週三發表聲明之後，學生們就被不安與煩躁的情緒纏身。有些人會因為一點小事起口角，少數案例甚至發展成扭打，校內處於不穩定的狀態。幹比古身為風紀委員長，處在必須先嚴加注意校內糾紛的立場。

「那份資料可以傳給學生會嗎？上週之前的統計已經完成了，我到時候一起報告吧。」

只是即使如此，既然學生們紛紛表達不安，就至少也該回報到教職員室。達也這番話的意思是除了風紀委員會以外，學生會也要另外製作一份諮商報告。

「知道了。為了讓你專心執行任務，我也努力處理這些事情吧。」

「靠你了，風紀委員長！」

艾莉卡如此為鼓起幹勁點頭回應的幹比古打氣。雖然語氣有一半是胡鬧，不過幹比古也明白艾莉卡是在激勵他。

◇　◇　◇

這天的課程結束之後，達也來到二年A班教室。

「哥哥，您是來接我的嗎？」

深雪敏銳察覺達也接近，就來到走廊迎接他。達也來接深雪一起去學生會室，跟由深雪去接達也的狀況相比起來是很稀奇的事。

「嗯。因為我也有話要跟一条說。」

不過，達也的回答令深雪有點失望。

「一条同學嗎？知道了，我請他過來。」

即使如此，深雪也沒有表現在態度上。她掛著笑容轉身回到教室。

這張笑容令達也覺得怪怪的。

今天不是第一次看到她這樣。進入今年之後，達也就看過好幾次這副和去年不同的笑容。參加本家的「慶春會」回來之後，達也就開始感受到這種突兀感。

深雪的內在產生了不甚理想的變化。達也直覺要是扔著不管，將會招致不良的結果。

然而現在的他無法深入思考這件事。

「司波同學，謝謝妳……司波，你找我有什麼事？」

當前應該優先找將輝談事情。

「一条，關於這次的任務，你知道十文字學長有在開會討論嗎？」

達也不需要對將輝逐一說明任務內容。他們知道彼此都以十師族成員的身分受命搜索恐怖攻擊的主謀。

「不，我沒聽說……」

只不過，剛來東京不久的將輝不知道更進一步的事情。

「雖說是開會，也只是十文字學長、七草學姊與我一起交換情報，你要不要也參加？」

「這個嘛……」

將輝思索著要不要接受達也的邀請。說是這麼說，但他思考時間不到十秒。

「如果不會妨礙到各位，就容我參加吧。」

將輝也明白溝通與共享情報是搜索的必備要素。他苦惱的原因在於自己是三高學生，參與一高學生與一高畢業生的會議或許會破壞氣氛。但他立刻改變主意，認為現在並不是在意這種事的時候。

「這樣啊。今天晚間六點開始開會。我傳地圖給你，終端裝置拿出來吧。」

「啊，嗯。」

抱著些微意外感的將輝從口袋拿出行動情報終端裝置。依照剛才的話題進展，如果對方是三高學生，就會接著說「那我們一起走吧」。老實說，將輝也非常不希望情敵達也帶著他走，但是得知真的要各自行動之後，卻又覺得很意外。

同時，將輝也體認到這裡真的不是第三高中，感覺有點落寞。

「收到資料了嗎？」

達也沒看漏將輝表情的變化。但他對將輝的想法與感受沒興趣。他只是制式化地要求將輝確認資料。

「……沒問題。」

「那麼，晚間六點當地見。」

將輝同意之後，達也便以這句話代替道別，接著看向深雪。

「深雪，走吧。」

達也沒有要前往學生會，而是直接展開搜索，但是他覺得既然難得來A班，不如今天就送深雪到學生會室。

「好的。」

深雪笑著朝達也點頭，然後轉身面向將輝道別。

「那麼一条同學，我先告辭了。」

「學生會的業務還請加油。」

將輝以老實表情回應。

將輝目送前往學生會室的達也與深雪好一陣子。

達也依然背對著將輝，卻察覺到了他的視線。

這次，他沒辦法忽略將輝的想法與感受了。

◇◇◇

達也在晚間六點整進入克人等待的餐廳，在七點離開。

無論是克人、真由美還是達也，今天都沒有該報告的進展。鎌倉那件事已經在當天分享過情報，不過當然只在能透露的範圍內討論。所以今晚只對將輝說明至今的搜索狀況就結束了。因此，會議在不長也不短的時間散會了。

後來克人、真由美與將輝一起用餐，達也則在婉拒之後回家。克人與真由美是有邀他，但他拒絕之後就沒有強留。看來兩人也有顧慮到達也與將輝因為深雪而處於對立關係。

在回程的電動車廂上，達也在想深雪的事。達也放學後到二年A班接深雪時，深雪那張強顏歡笑的表情一直殘留在他的腦海一角。

他不是今天才第一次察覺。一月從四葉本家回來之後，達也就看到這張表情好幾次，而且每次都令他在意。但深雪似乎不希望他察覺，所以達也至今都沒有深入詢問。

但是看到深雪今天的樣子，達也已經無法再這麼說了。愈來愈容易看得出來深雪在逞強。達也感覺必須在深雪被內心的煩惱壓垮之前，至少聽聽她怎麼說。

從電動車廂轉搭通勤車回家的途中，達也也從各個方向思考該如何提到這件事。

強行詢問是下策。要是硬逼深雪說出來害她受傷的話，就本末倒置了。但達也也不認為深雪願意主動說明。套話到頭來又和逼問沒有兩樣。這跟偵訊俘虜不一樣，目的並不在聆聽煩惱這件事本身。

到最後，達也還沒決定方針，就來到了自家門口。踏出的腳步與伸向門扉的手，都比以往慢半拍。

「哥哥，歡迎回來——您怎麼了？難道是身體不舒服？」

平常早已開好門站在門前的時間點，達也的手卻還沒放在門上。看到這個狀態的達也，深雪臉色一變。

「不，只是在想點事情。深雪，我回來了。」

自己可不能讓深雪擔心。達也如此激勵自己。

雖然也不算是出師不利，但達也就這麼完全沒問深雪發生什麼事，吃完了遲來的晚餐。

達也婉拒餐後茶水前去洗澡。在重整心情之後，他重新決定和深雪聊聊。

達也沒回自己的房間，而是前往客廳，就發現深雪穿著有大量滾邊設計的古典及膝連身裙等他。直到剛才都穿著的白色圍裙已經脫掉了。

「哥哥，我立刻去泡咖啡，請坐著稍待片刻。」

達也還沒開口，深雪就這麼說著離去了。

難道她在迴避我？深雪動作迅速得令達也不禁這麼想。

達也不認為深雪在迴避他。

深雪看出達也想詢問某些事，但她不想被問。達也有這種感覺。

不過，這無疑代表著達也所擔憂的事情，深雪也有所自覺。達也只感覺到一種模糊的不安，但深雪不一樣，她肯定知道自己懷抱的東西是什麼。

深雪究竟在煩惱什麼——

「讓您久等了。」

達也被困在得不出結論的推理當中時，深雪以托盤端著咖啡進入客廳。在思緒深淵喪失時間知覺的達也不禁抬頭看時鐘。

深雪將咖啡杯連同碟子放在桌上，以關心的眼神注視達也。

「那個，哥哥……其實您累了吧？感覺您今晚從剛才開始就經常心不在焉。」

達也好想為自己的沒出息咂嘴。又害深雪擔心了。現在不是心不在焉地想心事的時候吧？他如此斥責自己。

「深雪，可以坐一下嗎？」

「好的……？」

不過，這是一個好機會。雖然感覺有點卑鄙，但在這個狀況下，深雪應該沒辦法逃走或轉移話題。

「深雪，我在掛念妳的事。」

直到去年，這句話應該都會讓深雪面露喜色。

但她現在眼神游移不定，如同在迴避達也的視線。

「什麼事情讓妳這麼煩惱？」

深雪抗拒和達也四目相對。但達也不以為意，一口氣切入了核心。

「我沒有什麼煩惱……」

深雪的回答毫無說服力。她自己似乎也知道這點，她不只是移開目光，甚至別過頭去。

「深雪，可以告訴我嗎？」

深雪就這麼轉頭看著旁邊，頻頻眨眼。她的雙眼因為迷惘而慌張。對於深雪來說，一直對達也隱瞞心事的難度太高了。

如果達也繼續注視深雪十秒，深雪應該會一五一十地吐露自己內心的煩惱。不過古靈精怪的命運，在這時候選擇了站在她這邊——但這或許是壞心的行徑，因為這樣剝奪了深雪消除苦惱的機會。

視訊電話的鈴聲響起，深雪連忙起身。明明用收在桌子下方的無線分機就能接電話，她卻以會讓裙子隨之翻動的速度跑向牆面的操作面板。

看到上面顯示的來電人名，深雪輕聲驚呼。

「哥哥，是姨母大人！」

「麻煩接通。」

達也如此回應時，已經起身移動到鏡頭正前方了。

深雪按下面板的通話按鍵。

視訊電話的畫面映出真夜的面容。

『達也晚安。在忙嗎？』

雖然沒有實際面對面時那麼容易看出眼神變化，總之真夜看向了桌上的咖啡杯。

「不，沒關係。姨母大人，請問今天有什麼事？」

以達也平常的個性來看，他這句回應不太從容，但真夜沒有逐一過問。

『上週六顧傑不是逃掉了嗎？原因已經查明了，所以想告知你一聲。』

「這是四葉家當家必須親自告知的事嗎？」達也聽她說完之後如此心想。但這個感想下得太快了。

『我們的通訊似乎被竊聽了。』

「……四葉家的通訊應該使用了強度足夠的編碼才對啊。」

『使用的編碼和國防軍同級，而且每個小時更新一次，不過似乎被破解了。』

就如真夜所說，四葉家的編碼通訊使用的共通金鑰，每個小時都會更換。

因此，達也每個月都會去魔法協會，從使者手中領取裡面儲存了六十天份編碼金鑰的記錄媒體（超過一個月天數的份是預備用的）。亞夜子交給巴藍斯的編碼機裡儲存了四萬三千兩百個編碼金鑰。為了防止有人從編碼機竊取資料，當中也施加了技術上能使用的最高等級保全措施。

做好如此周全的防範對策卻不管用，這實在令人難以置信。

「那麼，我該認定現在的通訊也被竊聽了嗎？」

然而即使再怎麼難以置信，只要沒有否定的根據，就應該當成事實接受。

『是的。所以今後關於這個案子的線索，我決定捎信告知。』

「知道了。」

雖然真夜說「捎信」，但達也認為應該不會委託一般的郵務業者。

此外達也還理解到一件事。既然真夜今晚打電話過來，就代表今天有查到新的線索，並且預定在明天告知。

『我要說的只有這個……對了，達也，你和十文字閣下與七草家的千金相處得還好嗎？記得一条家的少爺今天應該也加入了。』

「若您說的是會議，那就進行得很順利。」

怎麼突然講這個？如此質疑的達也決沒有深入思考這點，如此回答。

『是嗎？說真的，你們就「妥善」相處吧，感情可不能「太好」喔。』

達也一臉疑惑地看向畫面中的真夜。

大概是這張表情很有趣，真夜笑出聲了。

『哎呀哎呀，你沒察覺嗎？希望七草家千金加入會議的不是十文字閣下，是七草閣下。他想用會議當藉口，讓你和那位小姐約會。』

在深雪面前講這什麼話啊。達也內心慌張，卻沒有表露在臉上。

「原來有這種內幕啊，我會小心。」

他裝出不悅蹙眉的模樣回應。

『嗯，就這麼做吧。那麼再聯絡了。深雪也晚安了。』

「謝謝姨母大人。」

「姨母大人，晚安。」

通話結束。達也在變暗的大螢幕前面，轉身面向深雪。

正如達也的預料，深雪不太高興。

但她沒露出不高興的表情。

強烈的突兀感襲擊達也。同時，他似乎知道這種感覺的真面目了。

達也沒有以讓人吃醋為樂的嗜好，也從來沒想過要讓深雪責備他或鬧彆扭。相對的，就算深雪吃醋，達也也從來不覺得深雪礙事或煩人。

達也認為深雪不需要對他有所顧慮。卻也認為這或許是妹妹成長，或想要成長的證明。

也有人說嫉妒多深，愛情就有多深。

不過，至少嫉妒不是美德。達也的直覺告知深雪的變化不是好事，但他的常識判斷這是淑女會有的變化。

達也還講不出「和以往一樣老實嫉妒就好」這種話。

◇◇◇

隔天的二月十二日，從早上就飄著小雪。

厚厚的雲層覆蓋天空，因此即使是即將天亮的時間，戶外依然陰暗。

達也從八雲寺返家的途中，以將近六十公里的時速衝下坡道。

天色陰暗加上速度快，應該很難識別擦身而過的他人臉孔。然而即使不是達也，肯定也能辨別這名女性。

因為她的外型特徵非常明顯。

正確來說，達也也不是看她的「臉」來辨別。因為這名女性以壓低的報童帽、大墨鏡與包裹到鼻梁的圍巾隱藏相貌。

即使是下坡，達也依然只以兩步就能減速，剛好停在吉見面前。

「吉見小姐，早安。」

吉見鞠躬回應達也的問候。

然後她從大衣口袋取出長方形信封，遞給達也。

真夜的信差是她。

「確實收到了。」

收下信封的達也說完，吉見的臉就稍微上下動了動。甚至不知道她隔著墨鏡的視線是否在看達也。

沒能看出表情的達也，再度看向吉見的臉，然後覺得果然不自然。她太明顯地想要隱藏長相，如同在宣傳自己是可疑人物。

在這個寒冬季節，圍巾包裹到鼻梁並不是多麼奇怪的事。

以服裝品味來說，報童帽也算可以接受吧。

圍巾搭配報童帽也不算奇怪。

問題果然在——

「吉見小姐，我認為這身打扮反而顯眼。拿掉墨鏡比較好吧？」

即使知道是多管閒事，達也依然如此建議吉見。

吉見默默搖頭兩次。

達也回家淋浴之後，便在吃早餐前來到客廳，打開吉見給他的信。

「……哥哥，餐點準備好了。」

深雪從飯廳過來叫達也。她立刻想到達也打開的是什麼信。

「那是姨母大人昨晚說的……？」

「沒錯。」

達也起身點頭，將看完的信交給深雪。

深雪略為猶豫地接過信紙，雙眼在閱讀內容的過程中愈睜愈大。當她抬頭的時候，眼中滿是驚愕的神情。

信裡寫到國防軍可能協助顧傑逃亡。

「看來沒有組織和腐敗無緣。國防軍也不例外。但願腐敗的只是一小部分。」

達也從深雪手中拿走信紙，收進手上的信封。

「雖然這麼說，但也差不多可以停止為以往的過錯操心了。無論那些當事人是否自願，只要會危害到我們，我們就不應該有所顧慮。」

「哥哥……」

深雪以擔心的視線仰望達也。

達也笑著輕輕撫摸妹妹的頭，前往飯廳吃早餐。

◇ ◇ ◇

二年A班的第一堂課是實習。今天的課題是「定義魔法結束的條件」。

沒有魔法可以永遠持續。魔法的有效時間一定有極限。不過，沒有明確定義結束條件的魔法，也會以不知道何時失效的狀態，留在發動的對象身上。

魔法式無法干涉魔法式。除非使用術式解體或術式解散這種特殊魔法，否則無法消除發動中的魔法，只能覆寫。

要以魔法覆寫其他魔法，事象干涉力必須大於發動中的魔法。即使是「把魔法改變的事象回復為原本的性質」這種魔法也不例外。結束條件模糊的魔法會在狀況改變的時候，造成魔法師額外的負擔。所以「定義魔法結束的條件」被認為是評價魔法師實力的重要因素。

魔法結束條件的定義大致分成兩種。一種是設定發動時間。這個方式的有用性，因為托拉斯．西爾弗的飛行魔法問世而獲得了更高的評價。

另一種是定義魔法的結果。即是讓事象的改變進行到魔法定義的內容時，就讓魔法式失效。在實作的場面大多傾向於使用這個方式。

而今天的實習課，就是把魔法作用時間設為變數，讓學生自己定義。內容是以魔法將白色塑膠球依序變成紅、綠、藍色，在三十秒內重複十次。此外，每次實習課設定的時間與次數都不同，不過平均時間一樣都是一秒。

如果魔法時間設定得不夠嚴謹，時間就會不足或過多。在一個魔法結束之前就發動下一個魔法，導致所須的干涉力增加，進而無法完成規定次數的案例也不少見。雖然不需要將變色魔法每次的有效時間都平均設定為一秒，不過老實說，在即將結束的時候才視情況增減反而比較難。

今天還不是打分數的日子，是練習日，所以學生們兩人一組輪流使用魔法，沒輪到自己的時候就負責計時。搭檔忙著連續發動魔法時，另一人就負責盯著行動終端裝置的數位碼表練習抓時間，這樣的光景在上次的實習室裡隨處可見。

話說，上次的問題在於二年A班的學生人數是奇數。上次的實習並非有一組增為三人，而是某人單獨練習。順帶一提，這個人是深雪。

其實不分男女，班上所有人都舉手想邀請深雪加入自己這組。但沒有學生一開始就找深雪搭檔，都是自己組好之後才找她。因此到最後就是深雪落單。

昨天是聽講與實驗課，所以沒發生分組問題，不過上週那樣令二年A班的學生相當尷尬的光景應該會在今天重現——如果將輝沒「轉學過來」的話。

「司波同學，願意和我一組嗎？」

將輝聽完了指導老師說明實習內容之後，便來到深雪面前。他很慶幸沒人找深雪，申請和她一組。

實習室頓時嘈雜起來。以男學生為中心，眾人開始輕聲說出後悔或詛咒的話語，不過這真的是「為時已晚」。

「好的，我很樂意。一条同學，請多指教。」

想必深雪其實也不願意單獨練習吧。她以超越微笑等級的笑容，點頭回應將輝的邀請。

聽教師說明實習內容時，將輝在內心輕聲說「很簡單嘛」。

第三高中二年級現在進行的實習，是隔著牆壁朝目標物發動魔法。不用說，這是用來學習以魔法攻擊躲在掩蔽物後方的敵人。

相較於三高始終以實戰為考量的實習課，將輝認為一高的實習只算是巧手競賽。

先看深雪實際示範之後，這層印象又更強烈了。深雪完全以一秒的間隔改變球體顏色，以三十秒完成十次，連零點一秒的誤差都沒有。比起拿捏時間的準度，將輝更佩服球體變色之後的顯色強度與鮮豔度。因為這代表著深雪的事象干涉力強度。

「剛好三十秒。不愧是司波同學。」

「謝謝。一条同學，請隨時開始。」

總之先以客套心態稱讚深雪熱身成果的將輝，在可愛少女的催促之下充滿幹勁。

他再也毫無放水的意思，如同置身實戰般專注使用魔法。

「要怎麼幫忙計時？要不要每十秒通知一次？」

對於深雪的提議，將輝原本想回答「沒必要」，卻又改變了想法。

「……那麼，麻煩在最後十秒時倒數。」

因為將輝認為深雪為他倒數是一件迷人的事。

「知道了。」

深雪令人愉快的聲音，讓將輝差點忍不住笑意。他連忙繃緊表情。

「麻煩起個頭。」

將輝重新將注意力集中在魔法上。他的內心立刻轉變為應戰狀態。

「那麼，三、二、一，開始！」

將輝依照腦內的時鐘設定結束條件，同時接連發動魔法。

紅……綠……藍。

紅……綠……藍。

顯色的強度與鮮豔度比起深雪是有過之而無不及。

將輝對自己的魔法力不輸深雪感到滿足。

紅……綠……藍。

紅……綠……藍。

大概是內心產生的雜念立刻反映在魔法上，節奏變亂了。

他嘗試修正誤差。

紅…綠……藍。

他的時間知覺恢復了。

紅…綠…藍。

但這次變成結束時間變短。

紅……綠……藍。

將輝刻意將結束條件設定為超過一秒。

紅……綠……藍。

然後改回原本的間隔時間。他決定以最後十秒的倒數做調整。

「十、九、八……」

深雪開始倒數。

誤差不到一秒。

將輝決定以最後一個魔法的持續時間修正誤差。

「三、二……」

紅……綠……

「一……」

藍。

塑膠球回復為白色。

「結束。」

下一瞬間，深雪告知時間到。

「剩下零點七秒。一条同學，這成績不像是第一次挑戰喔。」

深雪向將輝投以微笑。

將輝忍著差點抽搐起來的臉部肌肉，回以笑容。

這個實習的及格標準，是在沒有讀秒的輔助之下將誤差壓在一秒以下。雖然通過時間標準，卻是有人幫忙倒數的結果。將輝想到深雪沒接受自己協助就展現準時結束的成績，就完全高興不起來。

「三十秒剛剛好。穗香，厲害喔。」

「嘻嘻，因為這是我擅長的領域啊。」

一旁傳來的聲音，讓將輝受到更大的打擊。

將輝用了整整一堂課的時間練習後，才終於達到及格標準。

◇◇◇

上午的課程結束了。

「一条同學。」

將輝在第一堂課陷入意料之外的苦戰，直到利用第二堂課的上課時間才終於從打擊中回復。

一名女學生從側邊叫他。

將輝轉頭看向聲音方向。魔法師記性都很好，他也不例外，幾乎毫無延遲地就想起了穗香的名字。

「那個……記得妳是光井同學？」

將輝之所以知道穗香的名字，並不是因為昨天聽她自我介紹，或是預先問過全班同學的名字。是因為穗香在今年度九校戰的幻境摘星奪冠，所以將輝記得她。

「是的，我是光井穗香。」

穗香露出開心笑容點頭。她並不是對將輝有意思。光是記得名字，就能讓人際關係更加圓融。這只是這種理所當然的反應。

將輝也將穗香的笑容解釋為一種禮儀。

「一条同學，要一起去餐廳嗎？」

「咦，和我？」

所以，這個突然的邀約是道冷箭。

「是的，和我們。」

穗香轉頭看向身後。

雫與深雪站在那裡。

和將輝目光相對的雫，面不改色地微微點點頭。不，這或許是行禮。雫的反應就是如此難以分辨。

深雪則是掛著不知道在想什麼的笑容。至少不知道她是歡迎將輝，還是感到為難。

「……我有幸可以和各位一起嗎？」

將輝不禁以客氣的語氣反問。

深雪準確察覺到將輝的目光看向她。她雖然有點想露出苦笑，但表情還是變得柔和起來。假惺惺的笑容變成有血有肉的笑容。

「是的，請務必跟我們一起來。」

深雪如此回應。

「我才要說，請務必讓我加入！」

將輝迅速起身。

「咦？」

看到晚一步來餐廳的深雪等人，艾莉卡疑惑地喊道。

昨天心想「還以為會黏著深雪」而對將輝行動感到意外的人是她。但她實際看到將輝採取正如預料的行動後，似乎也覺得很疑惑。

不只是艾莉卡，雷歐與幹比古也朝將輝投以疑惑目光。

「那個，哥哥……方便也讓一条同學一起嗎？」

「當然。」

不過達也理所當然般地如此回應。毫不思索。

反倒是將輝感到不知所措。

達也以草率（也算得上親和）的語氣，對站著不動的將輝搭話。

「一条，你知道怎麼點餐吧？餐廳跟福利社的制度應該一樣。」

「啊，嗯。沒問題。」

「一条同學，走吧。」

在深雪催促之下，將輝和她一起前往點餐機。穗香與雫跟在後方。

深雪領取料理回來，坐在達也身旁。

將輝坐在她的正前方。

穗香坐將輝旁邊，也是達也的正前方。

剛才坐在達也正前方的艾莉卡讓座給穗香，移動到深雪身旁。

特地繞餐桌半圈的艾莉卡，突然詢問斜前方的將輝。

「一条同學，搜查那邊怎麼樣了？」

拿著湯碗的將輝差點嗆到。他在京都就已經認識艾莉卡，所以不是被她裝熟的態度嚇到，是因為她在這種不知道誰在偷聽的地方，提到在法律灰色地帶遊走的那個任務。

「艾莉卡，一条才剛來東京而已。不論是再怎麼卓越優秀的魔法師，也沒辦法一天就得到顯著的成果。」

將輝不知道該如何回答，一時之間無法應對，而幫忙圓場的是達也。這令他感到意外。

「說得也是。」

「沒錯，艾莉卡，不可以講得好像在催促進度。一条同學，抱歉突然嚇到你了。」

深雪勸誡艾莉卡，朝將輝低頭。

「不，那個，也用不著道歉……」

將輝大為慌張，深雪見狀露出純真的笑容。將輝的純情反應在她眼中很新奇。

「話說回來，真羨慕一条同學。」

「啊？請問……羨慕什麼？」

深雪投以耀眼的笑容，使得將輝更加不自在。

「哥哥居然說您『卓越優秀』。其實哥哥平常講話意外惡毒喔。」

深雪笑著朝將輝投以責備般的視線。不，比起責備，更像是嫉妒。

這當然是開玩笑的，卻攻下了將輝內心好不容易保持平靜的部分，讓他變得什麼都沒辦法想。對於深雪稱呼「哥哥」的質疑，也從腦海之中飛到九霄雲外。

達也的嘴張到一半，準備說些什麼。不知道他想透過回應「沒這種事」將深雪的視線從將輝身上引開，還是要斥責用更直接的手段捉弄將輝的深雪，總之，他肯定是要為將輝解圍。

「達也同學果然認同一条同學的實力呢。」

不過，穗香卻搶先這麼說，打斷他的話語。

「真好。有種英雄惜英雄，把對方視為勁敵的感覺。」

「雖說是勁敵，但一条的魔法力強太多了。」

眾人這麼積極搭話，達也也無法以深雪為優先。他的視線無暇移向旁邊，而是在手邊與正前方來回。

「不過，剛才的實習是達也同學擅長的領域吧？」

「還好啦，因為剛才的課題比起速度或強度，更重視精確度。」

達也不是謙虛，而是低調承認穗香的說法。

「達也同學從一開始就完全以一秒為單位喔。」

雖然並不是因而安心，但美月與有榮焉般得意地插嘴。

「真的嗎？達也同學好厲害！」

將輝聽到美月與穗香的對話，也默默受到了打擊。坐在正前方的深雪無法坐視此景，出言安慰將輝。

「我雖然大致可以按照規定的時間完成，但中途無論如何都會變得太慢或太快。」

不過坐在將輝旁邊，從距離來看比深雪近的穗香，連看都不看將輝一眼。

「達也同學，你有什麼訣竅嗎？」

穗香趁著深雪在應付將輝，積極想吸引達也的注意力。

以穗香的立場，這樣的發展完全符合計畫。

提議邀將輝共桌的是穗香。她企圖把將輝塞給深雪應付，趁機接近達也。

若要形容為「陰險」，那穗香太可憐了。

在情場和戰場上可以使用任何戰術。這是十七世紀英國悲喜劇台詞裡的名言。不過在近代之後，國際條約規定戰場上禁止使用某些戰術，所以這句話不是無條件正確。

在情場上，應該也一樣不能說所有手段都能使用吧。例如謊稱「懷了你的孩子」強迫情侶分手，就算沒有要求實質的金錢或物品，也該稱之為詐騙，是種道義上不被接受的做法。

不過，穗香這種做法甚至算不上是暗算，在戀愛戰爭裡相當常見。或許這種做法不應該用在朋友身上，不過這就證明了穗香是多麼拚命追求這段戀情。

◇◇◇

達也將深雪留在學校之後返家，然後騎著愛用的機車前往土浦。目的地不用說，當然是國防陸軍一〇一旅基地。獨立魔裝大隊的大隊司令部。

達也身穿材質近似人工皮革的長褲加上寬鬆外套，雖然服裝輕便，但是在基地大門，ＩＤ卡比服裝有用。達也光是拿下安全帽，就順利進入了基地。

他將機車停在大隊司令部前方，仰望面前地上地下都有三層的建築物。接下來的協商（不是報告，也不是商量）是沉重的負擔，使他眼神嚴肅。

即使如此，達也依然無法置之不理。十師族追緝箱根恐怖攻擊主謀顧傑是做給世人看的，主要是為了減緩世間對魔法師的反感。

不過，達也在鎌倉看過顧傑的做法之後，便決心一定要盡快解決這個出身大陸的古式魔法師。不是因為真夜如此命令，是基於他自己的意願。

達也想提供魔法師成為戰爭道具以外的生存方式。顧傑將魔法師——將人類當成道具使用的行徑，和達也的想法完全對立。

不共戴天。達也要開拓自己內心描繪的未來，就絕對不能容許顧傑這種魔法師存在。

殺掉顧傑。為此不惜除掉成為道具的犧牲者——

達也微微搖頭平復心情，進入建築物要求見隊長。話是這麼說，但他其實已經打電話確認風間有空了。其實達也甚至想避免打電話，但他還是無法做出突然找上門的行為。

距離約見的時間還有五分鐘以上，但達也直接獲准進入了。不曉得是不是這裡依然人手不足，他在屋內沒和任何人擦身而過，就抵達了隊長室。

「在下是大黑特尉。」

達也敲門對房內說。其實門後的聲音不是直接傳入，是門板暗藏的麥克風收音之後會先自動過濾，再傳入室內，但是訪客不會注意到這件事。

「進來。」

這個聲音，其實也是以門板暗藏的揚聲器重現。進步的科技產物或許不會讓使用者注意到其存在。

達也確認解鎖的聲音響起，打開隊長室的門。

風間坐在辦公桌後方。今天只有他一人。桌上擺著觸控式螢幕的終端裝置。達也來訪之前，他似乎在看企畫書或報告書。或許是晉階之後，要批准的業務就增加了。

達也走到辦公桌前面，向風間敬禮。

風間起身回禮，但又立刻坐下。沒被邀坐的達也就這麼站著。

「特尉，放輕鬆點吧。所以，你今天突然過來有什麼事？」

但風間也不是在生氣。他詢問的語氣也很溫和。

「由於通訊恐怕被竊聽，所以在下認為應該當面直接報告。」

「喔……意思是本大隊的編碼通訊恐怕也被解讀了？」

「是的。實際上在下就接受過警告，說四葉家的編碼通訊很可能已經被竊聽解讀。」

達也突然翻開自己手中的一張牌。

風間眉角微微上揚。

「……但我們使用的編碼強度應該高於四葉家。」

「在下也這麼認為。即使如此，還是覺得該小心為上。」

達也沒說明必須小心的根據，但風間沒有繼續反駁。

「……算了。特尉，說明來意吧。」

「座間基地的特戰兵訓練所，可能遭受敵國人士滲透。」

特戰兵訓練所——特殊戰術兵訓練所的「特殊戰術兵」，是暗指包含魔法力強化在內，接受過後天強化措施的士兵。雖然稱為「訓練所」，實際上卻是軟禁人體實驗對象的軍方設施之一。國防軍將這種實驗對象監禁在各種名稱的設施裡。

光是這種情報外洩，就會成為讓防衛大臣烏紗帽不保的醜聞，不過座間基地的特殊戰術兵訓練所有個更棘手的地方。這個設施有和ＵＳＮＡ進行共同研究。

這是在世界連續戰爭爆發前晚的緊張國際情勢下做出的決定，卻是將日本人提供給外國進行人體實驗的背信行為。

這裡是絕對不能曝光的國防軍黑暗面，是從戰前繼承至今的負面遺產。

本應嚴加管理的這種設施，達也卻說有一部分被日本敵對國家的人士占據。

「……發生了什麼事？」

風間沒問「你說什麼？」或是「真的嗎？」，也沒問根據。

達也究竟是遭遇什麼事件，才得知這件事？他要求達也報告。

「上週六凌晨，在下在追捕箱根恐怖攻擊主謀的過程中，和專精於干涉『燃燒』的魔法師交戰。他們是原本應在座間基地待命的強化兵。」

座間基地的特戰兵訓練所收容的強化魔法師，擅長的是公認在戰鬥層面特別有用的「引火」或「爆發」這種近似超能力的魔法。達也週六在鐮倉解決的三人後來由吉見帶回調查，得知他們是用座間基地特戰兵訓練所魔法師改造而成的「施法器」。

「意思是恐怖分子將手伸進座間基地了嗎？」

「是的。」

風間低聲沉吟，雙手抱胸板起臉。周公瑾躲在宇治基地也是嚴重的負面事件，但座間基地的事件從地理或重要程度來看，都更加嚴重。

這地方就位在首都東京的不遠處。是用來對世間隱瞞人體實驗事實的設施。也是將匹敵重型火砲的戰鬥員囚禁起來的舒適牢籠。

光是絕對不能見光的實驗對象溜出去就是一大問題。如果世間得知這些實驗對象成為反日幹員的黨羽，應該不會只由國防軍負責就了事。

「這個消息的現狀是？」

風間就這麼閉著雙眼詢問達也。

「完全只有四葉家內部知道。」

換句話說，也代表沒洩漏到十師族之中。風間表情看起來稍稍放鬆，但他依然嚴肅皺眉，雙手抱胸。

「特尉打算襲擊座間基地嗎？」

「不，中校閣下。」

達也的語氣略為變化。

「在下不認為顧傑會和周公瑾躲在宇治基地一樣，躲在座間基地。」

「『顧傑』是幕後黑手的名字嗎？」

風間輕聲說出這個名字，好讓這個名字烙印在記憶當中，然後鬆開雙手仰望達也。

「不過，座間基地的實驗對象已經成為那個顧傑的棋子了吧？」

「這部分沒錯。不過，就算特戰兵訓練所的強化魔法師被用來當成『施法器』的材料，也不能貿然推測顧傑已經潛入內部。」

「貴官認為座間基地有人協助顧傑，而這個人又將實驗對象帶離基地？」

「是的。」

「嗯……與其說是基地放任身分不明的外國人入侵，這樣推測的確比較實際。不過，究竟是怎麼做到的？」

「應該是將特戰兵訓練所的職員改造成傀儡吧。或許不用像是『施法器』那樣大幅改造，也有魔法可以奪走他人的自由意志。」

風間兩肘撐在桌面，交握著雙手默默思考。

「……查出成為施法器的實驗對象身分了嗎？」

「在這裡。」

達也朝風間遞出一個沒封口的信封。風間從裡面拿出三張摺疊的紙。上面印著改造為施法器的三人照片、身高體重以及其他身體特徵。

「將這件事告知座間基地，應該可以在一兩天內查出誰成為傀儡。不過特尉並不是來找我協助搜查的吧？」

依然坐著的風間和達也目光相對。他的視線力道就算形容為瞪視也不誇張。

達也在這時候打出第二張牌。

「老實說，顧傑的藏身處已經查明了。但是該處距離座間基地不遠。」

「……貴官擔心戰鬥會殃及基地？」

風間以低沉語調詢問，達也很乾脆地回以肯定的答案。

「可能性不低。以特戰兵訓練所為首的收容設施軟禁的強化兵，對十師族懷抱的敵意尤其強烈，所以只要有人唆使，應該就會抱持著被處分的覺悟展開行動吧。」

風間無法否定達也的預測。收容強化實驗對象的設施，是為了阻止他們出去而設立的。從這個性質來考量，就不可能會輕易放他們走。然而實際上，脫逃事件每年都會發生，而且每次都請十師族幫忙「處理」。

雖然聽起來不人道，但以國防軍的立場，將逃脫的人處理掉比繼續軟禁更加省錢又安全。只要實驗體活下來，他們就必須分配許多心力保密。相對的，實驗體死了就不會留下證據。只要動用國家權力，要將他們葬送黑暗之中不是難事。至少耗費的成本比讓他們活下去來得少。

要是座間基地附近發生非法戰鬥，而且基地司令部得知是十師族四葉家造成的，那麼基地司令部就很可能故意放實驗對象逃走，將處分工作扔給四葉家。

「必須請旅長協助，才能讓座間基地答應不介入這件事。」

「這樣來不及。顧傑會逃走。」

「……特尉願意收拾善後？」

「在下打算盡量避免和國防軍戰鬥。但若無論如何都無法避免偶發的戰鬥，在下打算消除一切痕跡。」

達也的意思是說，他會對友軍使用被指定為機密的「雲消霧散」。

「這也是不得已的吧。」

風間面有難色，但還是以流利語氣准許達也使用「完整」的雲消霧散。

◇◇◇

達也從土浦基地前往座間基地附近，在途中完成一些雜事，並在晚間八點抵達目的地。

他沒對克人與真由美說自己今天要來這裡，當然也沒對將輝說。今天的會議也沒去參加。同行的只有四葉家的自己人。

作戰成員看來都已經全部到齊了。達也將機車停在公園的停車場，走向在同個停車場裡的廂型車。

「文彌、亞夜子，今天明明不是假日，很高興你們過來。」

達也走到輕聲說話也聽得見的距離，對廂型車旁邊同樣消除了氣息的從表弟妹搭話。

「達也哥哥！」

文彌和達也一樣克制音量，以難掩驚愕的語氣回應。

「我完全沒發現。達也哥哥的隱形技術更加爐火純青了。」

「晚安，達也先生。雖然現在基於狀況是迫不得已，但這樣對心臟不好，可以再稍微換個方式嗎？」

文彌毫不保留地稱讚，亞夜子講得不太客氣。自從深雪與達也宣布訂婚，亞夜子對他的態度就略為變化。

她變得不再客氣，彼此的距離反而看似比以前還近。

不過，這是亞夜子努力想接受現實的表現。

「像吉見小姐都被嚇得快昏倒了喔。」

亞夜子身旁的吉見反覆搖頭。她照例穿著看不出身分的服裝。

「吉見小姐，用不著勉強忍著沒關係喔。因為達也先生明明是正常人，卻全身上下不正常，所以這種事得好好講出來才算是為他好。」

雖然講得惡毒，但與其說是對達也不再客氣所導致，應該說主因在於她和吉見兩人之間沒有心防。

「放心，我不會因為這種程度就慌張。」

「咦……？但妳剛才嚇了一大跳啊。」

「沒那種事。因為我是大人。」

吉見面對亞夜子也比較多話。大概因為是表姊妹，所以戒心也比較低吧。

從亞夜子與文彌姊弟的角度來看，達也是父方的從表哥。

另一方面，吉見則是亞夜子他們母親哥哥的女兒，也就是母方的表姊。

吉見的全名是東雲吉見。現年二十一歲，但沒上學。高中也不是就讀魔法科高中，而是時間上很自由的網路學校，從學生時期開始就參與搜索方面的任務。

在這方面上，她是亞夜子的前輩兼大姊，不過看她們兩人的互動，掌握主導權的似乎是亞夜子。這並非因為亞夜子是黑羽家當家的女兒，應該是個性使然。至少旁觀的達也是這麼認為。

「達也哥哥，要上車換裝嗎？」

文彌無視於在嬉鬧的姊姊與表姊，詢問達也。廂型車上準備了近戰用的裝備。

順帶一提，文彌的服裝照例是作戰用的「喬裝」。他的妝比以前更濃更嬌媚，大概是終於認命了吧。

「就這麼做吧。」

達也沒提及文彌的美少女容貌，直接進入廂型車。

四葉家準備的戰鬥服，和達也原本穿的服裝很像。外表上的差異只有外套底下是連身工作服，但性能接近獨立魔裝大隊的可動裝甲。

今天達也帶來的不是手槍造型的「銀鏃」，而是和思考操作型搭配使用的手鐲造型「銀鐲」。藏在外套內側的不是ＣＡＤ，是手槍與刀。要是被警察發現，不會只以臨檢了事。這也是他非得特地在這裡換裝的理由。

達也打開兼具防毒面罩功能的安全帽護目鏡，朝著對他的英姿看得入迷的文彌，以及身穿縫滿裝飾釦的小禮服（其實每顆鈕釦都是閃光彈或煙霧膠囊）的亞夜子開口。

「該出發了。」

從一開始就注視著達也的文彌立刻點頭。

不知何時開始以「誰的穿著比較不適合出任務」這個議題和吉見爭論（？）的亞夜子，也面向達也微微致意。

達也踏出腳步。

文彌與亞夜子跟在身後。此外還有數名黑衣人。

吉見在不知何時增加的人影圍繞下，目送三人離去。

「戒備果然相當森嚴。」

亞夜子從像是望遠鏡的物品（將包含紅外線在內的電磁波化為肉眼可見的道具，會被用在感應器上）移開雙眼，以擔心的語氣對達也說。

達也、亞夜子與文彌三人，正待在亞夜子打造的隱形力場內部觀察目標建築物。吉見透過從施法器屍體讀取殘存的「記憶」，得知這裡是顧傑新的藏身處。表面上是三層樓的私人醫院，實際上卻是接受軍方非法委託的非官方研究設施。早就預料到警備會非常森嚴。

「潛入建築物不難，但是既然警戒成這樣，我不認為對方沒做任何準備。」

「亞夜子，你認為裡面有埋伏是吧？」

「是的。」

達也以自己的「眼睛」確認警備狀況。

既然是負責軍方的業務，思想調查應該會萬無一失。

醫院老闆的內心大概被改造了。也可能已經遇害。就算不是達也，也能做出這個推理，而他自己也這麼認為。

達也預設是這種狀況，開始調查建築物內外。

警戒設備確實森嚴，卻沒有跳脫民間等級。還不如九校戰越野障礙賽道架設的感應網。

達也「看見」建築物內部有九個人影。

有五人的構造情報是普通人。推測是值班醫生與護士。

一人的頭部構造有雜訊。恐怕是化為傀儡的院長。

兩人的構造情報扭曲，而且似曾相識。肯定是施法器。

另一個人的構造情報很奇妙。雖然跟施法器比起來明顯像是普通人，年齡資料卻有決定性的問題。

即使是被形容為身體年齡比實際年齡年輕的人，年齡資料也只有一種，也就是實際年齡。身體年齡則是被記述為健康狀態相關的情報。

然而，達也現在「看見」的情報體，表現肉體老化的資料卻有兩個。

（我印象中看過類似的情報體……是什麼時候在哪裡看過的？）

達也從大量資料中挖出這段記憶。

（原來如此，這是周公瑾的……）

當時在專心試著看穿以鬼門遁甲偽裝的位置情報，所以沒察覺構造情報的異常。不過這種突兀感確實留在達也不會忘記的記憶裡。

「找到了。應該是顧傑本人。」

達也輕聲告訴文彌與亞夜子。

文彌與亞夜子的背一陣緊繃。

「立刻進攻吧。」

文彌同樣輕聲回應，亞夜子似乎也沒有異議。

三人移動到醫院正面。黑衣人們使用幻術，所以沒有行人接近。由於有指示避免交戰，所以如果國防軍真的介入，就無法期待遏阻作用，但應該不會被附近居民目擊。

「達也先生。」

達也點頭回應亞夜子的聲音，按下手上發訊機的按鍵。

照亮醫院大門的燈光消失。因為黑衣人們受命剪斷這棟建築物的電線。即使是埋在地底的電線，也只要使用魔法就不用鑽到地下剪斷。

不過，這裡雖然是私人醫院，但終究是醫院，可想而知，當然備有緊急發電設備。

達也確認警備系統失效，便朝亞夜子打手勢。

三人以亞夜子的魔法「疑似瞬間移動」跳到醫院樓頂。

燈光還沒復原。

「依照計畫進行。」

他們所定的計畫是亞夜子在這裡確保退路，文彌保護亞夜子。

達也則獨自潛入逮捕顧傑。

文彌與亞夜子都極力抗拒進行這項計畫，但兩人都不會笨到在作戰已經啟動的階段耍賴。

「路上小心。」

看起來只像是美少女姊妹的雙胞胎姊弟，齊聲送達也出發。

燈光在堪稱是在達也剛從屋頂入侵屋內的時間點復原。

他看起來不慌不忙。畢竟這個時間點幾乎正如預料，也沒有緊繃到驚險的程度。

只是也不能過於悠哉。不曉得對方是不是在停電時就察覺了這邊的動向，推測是顧傑的情報體離開三樓病房，正從逃生梯下樓。

他從屋內走到外牆的逃生梯，達也也比較好辦事。這樣一來，殃及值班醫生與護士的風險就會降低。

達也奔向逃生門，在最角落的病房前面緊急煞車。

子彈貫穿病房門，在對面牆壁上打出一個洞。

達也的「視野」從逃生門切換到旁邊病房，對焦在伏兵的手槍上。

將手槍「分解」。

以術式解散癱瘓引火的魔法式。

另一具施法器從背後接近，達也將他手上的手槍分解成零件。

門迅速開啟，化為施法器的強化魔法師襲擊過來。

成為施法器材料的魔法師在國防軍研究設施中受過強化的，不只是魔法技能。施法器活用常人不可能達到的力量與速度，揮刀砍向達也。

不過達也也一樣，他不只是在前第四研學習魔法技能，也是鍛鍊過近戰技能的戰鬥魔法師。他接受的訓練比起魔法，反而更著重於身體能力的強化。他徹底學習過比魔法更基礎的身體操作術——以想子直接控制身體的技術。

此外，雖然沒接受生化層面的強化措施，但達也被打造為能夠維持強固的肉體構造情報，即使負荷超過筋骨極限，也不會損傷身體。

施法器朝達也發射「人體引火」的魔法。沒使用ＣＡＤ，或許就證明他「被強制」遺傳了祖先的超能力。

達也再度以術式解散癱瘓射過來的魔法式，同時從懷裡取出刀子擋下施法器這一砍。

拮抗只在一瞬間。

達也放鬆力量，試圖閃開攻擊，施法器也同時後退。

達也試圖讓對方失去平衡的算盤落空。

相對的，他和敵人之間出現刀子砍不到的間距。

達也背對眼前的敵人。

他一個轉身，就將刀子射向從背後接近的另一具施法器。

大概是這個行動出乎意料，敵人停下腳步揮刀，砍下飛刀。

敵人的視線有一瞬間離開達也。

施法器再度看向達也。

這時候，達也的手槍已經瞄準了施法器。

隨後響起以消音器減低的細微槍聲。

預料達也這次會使用魔法的施法器，正面挨了這一槍。

低速的大口徑子彈命中腹部，將體格和達也差不多的施法器往回推。倒在走廊的施法器沒流血，證明他穿著性能傑出的護身裝甲。

達也再度轉身。

敵人瞄準脖子橫砍，達也以左手抓住他的右手腕。

他的魔法演算領域編織出分解魔法，分解施法器使用的「引火」與「灼熱」術式。

施法器發動魔法的速度和超能力者一樣快。這種強化改造是藉由犧牲多樣性，取回以意念就能扭曲事象的速度。在成為施法器之後，由於削減自由意志釋放了心理活動的可用資源，使得發動速度更快。

即使如此，還是達也的「分解」比較快。比起施法器完成魔法的速度，達也分解魔法的速度更勝一籌。

達也扭轉施法器持刀的右手，壓制對方，並在極近距離下開槍。

即使沒有感受痛覺的心，身體機能的衰弱也會成為雜訊，妨礙魔法發動。

最初倒地的施法器已經起身，發動魔法的速度卻沒有充分回復。

達也消除敵方所有魔法式之後，魔法演算領域就產生了足以反擊的餘力。

達也發動「部分分解」。

兩具施法器的胸口同時開洞。

即使失去心臟，施法器依然持續虛弱抵抗，但是死前的掙扎也立刻就停止了。

達也確認想子活動完全停止之後，便前往逃生梯。

推測是顧傑的情報體已經抵達一樓。

達也從逃生梯跳下去。

然後以最小規模的慣性控制抵銷衝擊，瞄準正要上救護車的顧傑。

雖然是醫院，但明明沒有緊急病患，為什麼會停著一輛救護車？救護車為什麼是防彈耐熱規格？這些疑問都被達也拋在腦後。

救護車釋放演算干擾的想子雜訊，但是這也不成他的阻礙。

擋在達也面前成為阻礙的，是接連射來的高威力步槍彈。

◇◇◇

這天，USNA軍的垂直起降大型運輸機飛抵座間基地。座間被指定為美日共用基地，所以美國軍機來訪不稀奇也不奇怪。特戰兵訓練所的存在是必須提防外洩的機密，但USNA在這段歷史的原委下，知道這件事。基地沒理由拒絕降落，也無法拒絕。

運輸機降落之後，運輸機隊長申請和基地司令面談。這也不是特例。以司令的立場來說，也是省得找對方過來詢問來訪理由。

USNA軍的隊長自稱班哲明．洛茲少校。他給人的印象完全就是高級軍官，以及精悍又知性的瀟灑軍官。這是基地司令對他的印象。這不只是因為他是同盟國的軍人，他連個性上也不像會有粗暴之舉的人。

就算這麼說，基地司令也完全沒有鬆懈下來。自從對方踏入司令部建築物的那一刻，他就知道對方是高階魔法師了。

基地擁有軟禁強化魔法師的設施。基於這個性質，測量魔法力的機器相當齊全。雖然測量結果被巧妙地擾亂了，但反而證明洛茲少校的魔法技能水準高超。

進行一整套外交禮儀上的互動之後，洛茲少校以高雅語氣說出驚人的事情。

「說來實在見笑，其實下官是受命逮捕逃兵，才會被派遣至貴基地。」

「逃兵？」

基地司令好不容易才吞下「又有逃兵？」這句話。去年的吸血鬼騷動是美軍逃兵引發的，他是少數知道這件事的國防軍軍官之一。這也是有在管理特戰兵訓練所的基地性質所致。

「司令官閣下或許不知情，不過前年十二月逃離我軍的士兵們就潛藏在貴國。雖然幾乎都確認已經死亡，卻不是全部死亡。」

洛茲少校——ＵＳＮＡ第一隊隊長班哲明．卡諾普斯，撒了一個如同看透基地司令想法的謊。司令具備的知識不完整，所以沒質疑他的說法。

「雖然不知道是基於什麼目的，但我們已經查明逃亡至今的逃兵企圖綁架負責『治療』貴基地魔法師的醫生。對方今晚就會襲擊。」

「……少校，感謝您提供的情報。」

「司令官閣下，您應該知道下官想拜託什麼事。」

基地司令原本想回答要自行應付襲擊。協助己方的平民將在自己基地周邊被綁架，這麼做是理所當然。

但卡諾普斯搶先阻止他這麼說。

「耳聞貴國的十師族也在追捕我軍的逃兵。要是刺激到在這個基地『待命』的魔法師，我認為無論是對於貴國或是我國，都不是理想的結果。」

基地司令一臉有苦難言的表情，吞回原本要說的話語。

「可以請基地司令閣下酌情考量，別過問本部隊的作戰行動嗎？」

「……這超過本官的權限範圍，需要總司令部核准。」

「基地司令閣下，這件事迫在眉睫，逃兵襲擊計畫將在數小時後進行。若您表示無法只交由我們處理，讓您的部下共同對付襲擊也無妨。」

卡諾普斯在這時候打出珍藏的王牌。

「這樣好了，若您願意出借特戰兵訓練所的士兵，下官認為編號〇二四、〇二六、〇二九、〇三七以及〇四一適任。」

這是顧傑「偷走」的強化魔法師管理編號。

「……我就協助貴官吧。不過要送上事後報告！」

基地司令扔下這番話，卡諾普斯面不改色敬禮回應。

這是達也他們展開行動三小時前的事。

◇◇◇

達也直覺性地保護要害，卻沒能完全躲開。第一槍差點打斷整條左手臂，他在地面翻滾的同時分解第二顆子彈。左肩頭受的傷已經在撲往地面時的半空中「重組」完畢。

說巧不巧，狙擊手從天而降的位置就擋在達也與顧傑中間。不，以降落速度來看，形容為「墜落」比較合適。

沒看到直升機或飛機的蹤影。大概是當成人肉砲彈射過來的。

（美軍為什麼在這裡？）

達也以「精靈之眼」讀取對方的情報，不禁感到驚訝。

座間是日美共同基地。這附近有美軍士兵不是奇怪的事。

但美軍士兵為什麼協助顧傑逃亡？

達也懷著這份疑惑的同時，鍛鍊為戰鬥魔法師的心也繼續半自動地癱瘓敵人。

將高威力步槍拆解為零件，將包含護身裝甲在內的武裝強制解除。

為了湮滅證據，如果對方是國防軍，達也打算消除到連屍體都不留。

但他完全沒預料到要對付美軍，沒有事先決定該如何處理。

達也在剝奪了美軍士兵戰力的當下，做出這個結論。這邊也正在進行非法行動，要是美軍以「士兵被綁架」之類的理由找碴會很麻煩。

（「消除」的話——不太妙。）

美國士兵無法理解自己武裝為何被解除而站著不動。達也射殺他之後，便將護身裝甲分解消除，以「重組」重新裝好高威力步槍扔在原地。這是要避免有人從屍體查出達也使用何種魔法的障眼法。

然後達也再度尋找顧傑。載著顧傑的救護車已經駛離。

達也擴展「視野」，尋找顧傑現在的位置。

但是達也沒能找到顧傑。他的「眼睛」看見更須優先處理，不能放任的事態。

文彌與亞夜子正陷入苦戰。

他衝進建築物。

士兵突然從樓頂落下時，文彌的反應快得無從挑剔。

他使用讓精神直接認知疼痛的魔法「直結痛楚」，奪走對方支撐高威力步槍的雙手力氣。但是榴彈從身後射來時，兩人的反應不算夠好。

亞夜子連忙架設反物質護壁，應付爆炸飛散的碎片。然而射過來的榴彈不是殺傷用的彈頭，而是煙霧彈。

煙幕迅速擴散，原本就暗得不清楚的視野更加惡化。

文彌也可以不靠肉眼就瞄準對方使用魔法，卻還沒像達也那麼熟練。

文彌的「直結痛楚」是以精神為目標的魔法。一般認為，即使看不見對方，也不會有太大的影響。

實際上卻是相反。精神本身不存在於這個世界。就算想找，也不知道位於哪裡。因此魔法瞄準時，需要一個從這個世界連結到精神的印記。

煙幕裡發出如同刮玻璃的無聲雜訊，籠罩文彌他們。

「演算干擾？」

「不，不是演算干擾。不過，這是……？」

亞夜子否定文彌的疑問。但她看起來沒因為這不是演算干擾而放心。她一臉緊張地調查雜訊的真面目。

另一方面，文彌判斷只要想子雜訊不妨礙魔法，可以晚點再查明真相。總之現在要先擊退來路不明的敵人。

文彌操作左手的ＣＡＤ呼叫啟動式，想創造氣流吹走煙幕。然而ＣＡＤ無法正常運作。輸出的啟動式充滿雜訊，無法使用。

他正在操作的是手機造型的泛用ＣＡＤ，和拳套造型的特化ＣＡＤ用得一樣純熟。以文彌的水準，不可能會操作失誤。

高威力的子彈貫穿煙幕，接連命中反物質護壁。

「小闇，增加注入ＣＡＤ的想子量！」

亞夜子朝文彌大喊，同時將大量想子注入ＣＡＤ，重新架設反物質護壁。

文彌再度操作ＣＡＤ，並依照亞夜子的吩咐，注入比平常多一倍的想子。

只要是相同的啟動式，ＣＡＤ回傳的訊號強度就會幾乎和注入的想子量成正比。這次輸出的啟動式還是摻雜著雜訊，但文彌自行過濾掉雜訊，強行發動操作氣流的魔法式。

煙幕散開了。

敵方人數增加為五人。有三人架著高威力步槍；剛才遭受文彌攻擊而雙手發抖到無法瞄準的士兵和另一名士兵，都拿著張開成喇叭形狀如手電筒般的物體，各自朝向文彌與亞夜子。

文彌與亞夜子同時直覺推測，就是那個筒狀道具讓CAD的動作出錯。

USNA領先世界研發的CAD妨礙裝置「演算干擾器」。兩人不知道有這種東西，但他們準確猜中這是妨礙CAD動作的道具。

「姊姊妳先暫時離開吧。」

文彌指示亞夜子說。

「我會再聯絡，晚點來接我！」

「——知道了！」

亞夜子有一瞬間想反駁，但又立刻改變想法，同意了文彌這番話。她很清楚自己不適合直接戰鬥。

然而這個判斷下得太慢了。

面對敵人的文彌突然轉身一跳，在長長的裙襬飄逸下踢腿。

試圖從後方空中攻擊亞夜子的士兵被踢飛。

「小闇，你受傷了？」

但文彌也沒能全身而退。厚褲襪被割破，鮮血從腳邊滴落。是挨踢的士兵揮刀砍傷的。

文彌身穿的衣服材質也不是普通的布料。即使防彈、防割性能比不上達也的戰鬥服，水準依然很高。看來美軍士兵使用的刀子也不是用普通金屬打造。

「我沒事！」

文彌單腳著地，要亞夜子別擔心。不過看他著地時沒使用受傷的腳，就知道傷得不輕。加上他忙著對付繼續從天而降的其他敵人，沒有餘力止血。

亞夜子扯下一顆裝飾釦，扔到文彌背後。

裝飾扣發出耀眼的閃光，使正要襲擊文彌的敵人有一瞬間停止了動作。

文彌的魔法讓這名敵兵昏倒了。

在這段時間，彈雨依然繼續射向兩人。

亞夜子也無暇脫離現場了。為了保護文彌不被高威力步槍射中，她必須持續架設護壁。

只要沒有演算干擾器的妨礙，要趁著槍擊空檔使用疑似瞬間移動逃走是易如反掌。文彌也一樣，他平常應付這種程度的人數可以一次就全數鎮壓，但現在頂多只能以「直結痛楚」逐一打倒。兩人都沒餘力質疑敵人接連出現的突兀現狀。

敵方故意只補充被打倒的人數。

要是這麼多人一起投入戰場，這場戰鬥將會更艱困。

文彌與亞夜子都沒察覺這一點。

尤其文彌被不是魔法師的強化兵逼入困境，正感焦急。

亞夜子無法逃走，是因為她得保護文彌不被高威力步槍射中。首先得想辦法解決步槍。

文彌性急地想魯莽放手一搏時，狀況產生了變化。

兩聲槍響。

妨礙CAD運作的雜訊突然消失。

「達也先生！」

亞夜子不禁叫出名字。

以安全帽遮住容貌的達也站在樓頂入口。他以手槍瞄準操作演算干擾器的士兵。

達也沒直接跳到樓頂，而是從建築物內部上樓，首先是要防止在空中遭受狙擊，但理由不只如此。另一個目的是在一樓與二樓散布催眠瓦斯。現在已經只能放棄徹底隱蔽這場騷動了，但是絕對要避免殃及無關的醫生或護士。

由於多花時間將會噴出睡眠瓦斯的膠囊扔到各樓層走廊啟動，所以時機相當驚險，堪稱勉強趕上。至少得以阻止文彌魯莽突擊了。

演算干擾器隨著槍聲折斷。

槍擊是幌子。達也在開槍的同時發動分解魔法，破壞演算干擾器。

高威力步槍瞄準達也。

達也沒分解步槍。

高威力子彈射出。達也以槍身方向解讀彈道，然後舉起手。

這是在二〇九五年論文競賽會場表演過的伎倆，不過效果很好。

士兵誤以為達也以手抓住子彈，站著不動。

達也沒看漏這一瞬間。

他使用分解魔法，在士兵腹部連同護身裝甲一起開洞。架著步槍的士兵以及架著演算干擾器的士兵，有五人腹部出血倒地。

樓頂的另一邊，文彌以「直結痛楚」撂倒了整群敵兵。

「你們兩個，有沒有受傷……」

達也說到一半，就在護目鏡底下板起臉。

他的左手朝向文彌受傷的腳。刀傷瞬間消失。割破的厚褲襪也復原了。

達也確認兩人沒有其他傷勢之後，便瞄準自己所打倒的五人身上的護身裝甲開出的洞，各開一槍。

「請問，這究竟是在做什麼……」

亞夜子臉色蒼白地詢問達也為何做出這種殘忍行為。

「我想當成是開槍打倒的。不過內行人看了就知道……」

達也帶著苦笑回答，接著將刀子插在文彌打倒的敵兵身上。

「我沒殺掉他們。只要早點救回去，應該可以撿回一條命吧。」

達也在安全帽底下說出不算安慰的藉口。這個藉口不是要把自己的行為正當化，而是要讓文彌與亞夜子接受。

「……要扔下他們嗎？」

文彌沒責備達也。他比較疑惑是否要將敵兵留在這裡。

「這些傢伙是美軍士兵。帶走的話不太妙，而且應該也成不了線索吧。」

「知道了。」

文彌雖然如此回答，卻沒有全面接受。他認為即使這些人是美軍士兵，既然介入了這邊的任務，那就應該擁有某些線索。

只是他也理解正面槓上USNA軍是愚笨的選擇。

「那麼，我們去回收剛才在醫院裡打倒的敵人吧。」

「三樓走廊地上有兩具施法器的屍體。我來帶路。」

達也點頭回應文彌的提議，帶兩人回到建築物內部。

「卡諾普斯少校，妨礙部隊全軍覆沒。」

「等四葉的人撤退之後再救回來。」

「遵命，長官。」

這時候，降落在座間基地的ＵＳＮＡ大型運輸機上正進行著這樣的對話。

「黑顧搭的車平安逃走了嗎？」

「沒有車輛在追蹤。」

「很好。繼續以衛星監視。」

「是，長官。」

◇　◇　◇

關於紀德．黑顧——顧傑的追蹤，卡諾普斯目前領先四葉。這是因為他掌握了某個優勢。ＵＳＮＡ情報機構在針對外國籍或無國籍魔法師的警戒措施之一裡，預先在本國採集了顧傑的想子波形。

然後是追蹤特定想子波形的短距離雷達。這是日本尚未擁有的技術。ＵＳＮＡ已經等於抓到顧傑了。

但是卡諾普斯沒有出動逮捕顧傑。他忠實遵守巴藍斯上校的命令。

如何一邊妨礙日本魔法師追蹤，一邊引導顧傑到公海？卡諾普斯一直在思考這個問題。

自從前天追捕顧傑的行動遭到美軍妨礙，搜索顧傑的計畫就沒有進展。那天晚上的過程令達也強烈感覺徒勞無功。鼓足幹勁的反作用力，讓這種感覺變本加厲。說到唯一的救贖，就是沒有和國防軍自相殘殺。多虧這樣，達也的動力嚴重下降，陷入無法投入任務的狀態。

關於ＵＳＮＡ士兵協助顧傑逃亡一事，達也已經向真夜與風間報告完畢，也委託風間調查幕後原因。但是過了一整天，也完全查不出端倪。

不過，克人、真由美與將輝同樣沒得出成果。在克人主辦的會議上，也沒出現亮眼的消息。達也省略細節報告他在座間目擊的情報，除此之外沒人拿出更好的成果。

尤其將輝特地搬家參與追捕，所以焦急到不惜蹺課也想優先執行任務。但他要是這麼做，父親與三高的前田校長會很沒面子，所以他現在是顧及這一點而努力忍受焦躁感。

如果在做實驗的時候鬆懈可能受重傷，所以將輝是帶著緊張感在上實驗課，但他實在無法專心聽使用終端裝置的聽講課程。覺得自己這樣很沒出息的將輝，起身準備用餐。

前兩天，將輝受到穗香的邀請，和深雪共桌用餐。對他來說，這是一段意外的快樂時光。深雪和達也的相處也沒有預料中的親密，應付將輝的時間甚至比較長，大概是關心他可能不適應新學校吧。

不過，他今天不想在心愛的少女面前露出這種無精打采的表情。

如此心想的將輝在下課的同時起身，打算獨自去餐廳。

「一条同學！」

但他走出教室之前，就被一名女學生叫住。不是穗香、雫或深雪，是這段時間暫時同班的兩個同學。

「請收下這個！」

將輝還沒回應，兩個以緞帶裝飾的小盒子就塞到了他胸前。

將輝反射性地收下後，還來不及問「這是什麼」，兩名女學生就開心地尖叫跑走。

「啊，偷跑！」

「那我也要！」

將輝還不了解發生什麼事，其他（暫時同班的）同學也聚集了過來。總共五人。她們和剛才那兩人一樣，將包裝得漂漂亮亮的小盒子塞給將輝，之後就離開了教室。

「一条同學真受歡迎耶。」

笑著搭話的這個聲音，引得將輝轉身。

以穗香帶頭，再加上雫與深雪共三人，就站在他身後。

深雪不禁面帶微笑地看著將輝手上的小盒子。

將輝莫名感到慌張——不過他誤會了。並不是毫無理由。

「這究竟是……？」

雫傻眼看著還沒掌握事態的將輝。雫難得露出這種淺顯易懂的表情。

「今天是情人節。」

將輝僵住了。他緩緩低頭看自己的手邊。抱在手上的盒子共七個，想藏也藏不住。雖然現在才藏起來也沒意義，但將輝慌張到想不到這種事。

「看樣子，應該還會增加喔。」

深雪不經意的這句話，重創了將輝。

將輝將女學生送的小盒子裝進（暫時同班的）男同學提供的手提袋（沒人追問這男生為什麼準備這種東西），掛在書桌側邊。將輝一開始的決心沒能付諸實行，就這麼被穗香帶到餐廳。

至此，將輝終於察覺校內洋溢的浮躁氣氛。由於世間反魔法師的風潮在學生內心留下陰影，氣氛較沒有往年開朗。即使如此，他們與她們也確實因為期待與不安而心浮氣躁。

「啊，來了來了。」

艾莉卡看見將輝的身影後，咧嘴一笑。

「艾莉卡，別這樣啦。」

「怎樣，有什麼關係？Miki沒必要羨慕別人吧？」

幹比古面有難色地要阻止艾莉卡，但她完全不聽勸。

聽不懂兩人對話的將輝把盛裝定食的托盤擺在桌上就座。艾莉卡立刻詢問他：

「一条同學，你收到幾個巧克力？」

將輝暗自慶幸自己還沒吃東西。如果是在吃東西的時候這麼問，他肯定會噴出來。

「千葉同學，妳突然問這什麼……」

「還會問什麼，今天說到巧克力，我想也只會是情人節巧克力啊。」

艾莉卡的反駁只能說一點都沒錯，所以將輝無法回嘴。

「所以你收到幾個？我賭你收到十個以上。」

「賭？」

「哎呀。」

將輝傻眼地看著艾莉卡，艾莉卡作勢連忙摀嘴。

看艾莉卡愉快的眼神，就能清楚知道她絲毫不覺得內疚。

「這種賭盤居然可以成立啊。艾莉卡，妳跟誰賭？」

達也這句詢問，也完全聽不出責備艾莉卡的意思。

「這我不能說～」

「我已經不是風紀委員了。」

「可是風紀委員長不就在這裡嗎？」

艾莉卡說著指向幹比古。幹比古以撐在桌面的左手按著額頭，嘆了好長的一口氣。

「達也、艾莉卡……這是自治委員管轄的範圍。」

「是嗎？不過這是機密。」

艾莉卡以感覺隨時都會吐出舌頭的語氣說完，再度看向將輝。

「所以是幾個？」

「是幾個都沒差吧……」

將輝的語氣相當粗魯。他大概也知道和艾莉卡相處不用太客氣吧。不提這個，將輝不想繼續這個話題。因為即使深雪毫無感覺（不是對將輝沒感覺，而是對他收到巧克力沒感覺），將輝也感受到一種自己好像在劈腿的不自在感。

「七個。」

「記得是七個。」

然而說來無情，將輝的願望沒能實現。

雫與穗香幾乎同時告知答案。

「喔，七個啊……畢竟現在才中午，放學之前肯定會破十個吧。」

將輝想盡快換個話題，但是這個話題不只有艾莉卡感興趣。

「七個啊。明明才剛轉學過來，真了不起。」

雷歐大動作地點頭。雖然看起來不像是別有用心，然而並不是凡事只要沒惡意，就都可以一笑置之。

「我不是轉學。那說這種話的西城，你又收到幾個了？」

「我嗎？我目前零個。」

不過，將輝也不是真的對於情人節話題感到不耐煩。他不是這麼沒度量的男人。所以雷歐這句意料之外的回答使得將輝很尷尬，慌得不知道該如何回話。

「不過雷歐你看起來倒是老神在在啊。」

「因為我在社團那裡有機會。」

因為將輝處於這種狀態，所以達也與雷歐的這段對話令他鬆了口氣。

「跩什麼跩，反正一定是人情巧克力吧？」

「我可不想被連送人情巧克力的對象都沒有的孤單女生這麼說。」

「很抱歉，我不是沒對象，只是不想送所以沒送。」

「用講的誰都會，可是結果還不是一樣？」

「你講的只不過是你的願望吧？」

……雷歐的交談對象換成艾莉卡之後，讓將輝感受到了不一樣的忐忑不安。

「兩位，別再講了啦……」

幹比古以疲憊的語氣阻止他們。這時候，將輝隱約對幹比古有股共鳴。

◇　◇　◇

放學之後，達也前往校舍出口。今天同樣要搜索顧傑，所以不參加學生會。

雖說是搜索，但也不是達也親自到處打聽情報。達也的職責是在以吉見為首的知覺系魔法師解析出成果，或是處於合作關係的情報機構（非法）提供線索的時候，依照這些資訊前去「處理」。如果沒有關於顧傑下落的情報，就只負責待命。

前天遭受美軍妨礙之後，就得不到明顯的線索。雖然知道時間愈久愈難捕捉目標對象，但是因為焦急而漫無目標地到處跑，也只會白費心力。這種行為毫無意義。如果今天不是情人節，達也就會久違到學生會露面了。

達也以稍微比平常沉重的腳步走向校門時，因為聽到身後傳來跑步聲而停下腳步。

「達也同學！」

達也幾乎在穗香叫他的同時轉身。

雫站在穗香身後。穗香不是一個人來，讓達也鬆了口氣。雖然覺得對不起穗香，但達也今天不想和她獨處。

「方便借點時間嗎？」

穗香的聲音很緊張，眼神卻充滿毫不退縮的決心。

「換個地方比較好嗎？」

達也沒有直接回答，而是問這個問題。

「不，那個……在這裡就好。」

穗香說著，同時從復古包包（一百年前叫作「學生書包」的款式）拿出包裝得漂漂亮亮的扁平盒子。

「這是我的心意，請收下！」

這裡是校舍通往校門的唯一一條路。通行的學生不只達也他們。現在也看得見零星學生正放慢腳步觀察他們。

穗香不是因為過度緊張而無法注意周圍狀況，其實正好相反。她在許多學生的見證下，展現自己的決心。

「謝謝。」

達也沒拒絕穗香。

「不過，沒關係嗎？我已經和深雪訂婚了。」

達也這句回覆，或許比拒絕還殘酷。

「沒關係。」

但穗香的決心沒有軟弱到因為這樣就氣餒。

「我知道。就算這樣，我還是很高興你願意收下。」

「……這樣啊。那我收下了。」

既然穗香都說到這個份上，那達也也沒有其他該說的話了。

「明天見。」

「等一下。」

達也要就這麼拿著穗香送的巧克力盒轉身時，雫叫住了他。

「用這個吧。」

雫說著遞給達也一個設計時尚的手提包。材質是黑色加白色的人造皮革，外型近似托特包，不過開口處有氣密拉鍊，而且是完全防水的手提包。

今天達也沒帶書包，正愁不知道該將收到的巧克力放哪裡。所以他其實很感謝雫的協助。

「不好意思，我借用了。」

從雫手中接過包包的達也，因為手感比預料的重而稍微蹙眉。

他將巧克力盒放進拉鍊沒拉的包包時，發現裡面有另一個盒子。

「不，送你。」

抓準時機傳來的聲音，引得達也抬起頭。

「是人情巧克力喔。」

雫說完露出有些調皮的微笑。

「啊，袋子不用還我沒關係。」

接著立刻一臉害羞地移開視線。

達也臉上浮現淺淺的笑容。

和穗香之間產生的緊張感，因此放鬆得恰到好處。

如果就此結束，應該會是相當美麗的青春片段吧。

「那我也要送！」

然而，卻因為其他演員臨時登台而不能落幕。

「艾咪？」

穗香瞪大雙眼，以暗藏責備的語氣叫出對方綽號。艾咪無視於她，跑到達也面前。

「來，人情巧克力！」

她開心遞給達也一個剛好和手心一樣大的小盒子。

「啊，嗯。」

達也剛收下雫的「人情巧克力」，所以也沒理由拒絕。

「艾咪，十三束同學那邊呢？」

穗香質問艾咪。

「正要去送。」

艾咪毫不內疚，也不害羞。

「因為司波同學看起來要回家了。就算是人情巧克力，但不是今天送就沒意義了吧？」

她一副滿不在乎的樣子。

「那我也送一份吧。」

昴說著從行道樹後方現身。她送給達也的不是盒子，而是小包裹。

「啊，我想你應該知道，這是人情巧克力喔。」

「我當然知道。」

達也苦笑著收下這個包裹。

穗香似乎已經連抗議的心情都沒了。

達也以為事情就此結束。

「司波學長！」

但這次換一年級學妹叫他。是九校戰新人賽在女子組堅盾對壘和水波搭檔的女生。她還有同學跟著一起來，結果雫送給達也的手提包裝入的巧克力數量，多得無法以單手數完。

◇　◇　◇

達也和克人他們開完會再度回家時，深雪跪在玄關前方，雙手手指撐在地板迎接他。

「哥哥，歡迎回來。」

「深雪……妳這是怎麼了？」

深雪身穿連身喇叭長裙加上滾邊圍裙，但她這種迎接方式比較適合穿和服——會感覺像是擋在門口禁止達也入內，肯定是多心了吧。

「請問有哪裡奇怪嗎？」

「不……並不奇怪。」

深雪動也不動，所以達也依然站在換鞋處。

「話說哥哥，有行李嗎？不介意的話，我來幫忙拿。」

「如妳所見，我沒行李……為什麼這樣問？」

深雪看向下方，不讓達也看見自己的雙眼。

「沒有……因為聽說哥哥從學校返家的時候增加不少行李，有點吃力。」

深雪說到這裡，達也終於知道她為何鬧彆扭了。

「七草學姊沒送我任何東西。她喜歡惡作劇，不過……」

達也自己說的「喜歡惡作劇」這句話，使他想起去年真由美設計的那場惡作劇（苦到不行的巧克力），但他避免離題。

「她身為七草家長女，知道自己的行為會代表什麼意義。」

達也以平淡語氣說出的這番話，使得深雪稍微倒抽一口氣。

「妳不也沒有送人情巧克力給一条嗎？」

深雪原本就不會送巧克力給同學或學長，因為她不想造成騷動。但她不送巧克力給將輝的理由不只如此。因為深雪知道，要是今天送巧克力給將輝，絕對不會只被當成「人情巧克力」。深雪想起這一點，便理解了達也這番話的意思。

「穗香送我巧克力的時候，我有清楚告知我是妳的未婚夫。但她還是希望我收下，所以我拒絕不了。」

深雪連忙抬頭，將眼睛睜得好大。

「怎麼這樣……！哥哥，這樣太……」

「太可憐？」

深雪再度低頭。雖然動作幾乎和剛才相同，給人的感覺卻完全不同。不理人的可愛氣息消失了。深雪與達也之間出現沉重緊繃的氣氛。

「或許我是真的覺得她可憐。其實為了穗香著想，還是斷然拒絕比較好……」

深雪就這麼低著頭起身。

「哥哥，您還沒用餐吧？我立刻準備，請到飯廳稍待。」

深雪沒提及達也自省的話語，轉身背對他。

達也有提前告知自己預定回家再用餐，所以深雪與水波都還沒吃晚餐。這幾天經常這樣。今晚三人圍坐的餐桌上沒有暢談任何話題，用餐時間就這麼在隱隱散發的尷尬氣氛之下宣告結束。

「我吃飽了。」

達也認為留一段冷卻時間比較好，於是等所有人吃完之後才起身，整理自己的餐具要放回廚房去。

「不好意思，哥哥，方便陪我一下嗎？」

但是深雪留住他。

達也點頭坐回座位。

水波看到深雪使眼神，便迅速清理桌面。

深雪從冰箱取出一個蓋著蛋糕蓋的銀色大盤子，擺到桌上。

「我不知道哥哥收下穗香的巧克力，究竟是對是錯。」

深雪直直注視達也雙眼。

「因為不知道，所以我不想了。您或許會認為我是一個無情的女生，但我還有其他的事情要思考。」

深雪輕輕吸氣。這與其說是為了說下一句話的準備動作，不如說是要讓急切的心情平復。

「我也想過，既然哥哥在為穗香的事情煩惱，或許應該避免這麼做才是……但我還是不希望浪費掉。」

深雪打開蛋糕蓋。無法言喻的微苦香味在桌面上擴散開來，淘氣挑弄達也的鼻腔。

沒加鮮奶油或水果，樸素的純巧克力蛋糕。

不過蛋糕表面柔和反射了燈光，形狀是美麗的圓筒形，不像是出自外行人之手。

「難得做出來了，希望哥哥可以享用。這是我送的情人節巧克力，您願意收下嗎？」

水波將附上刀叉的碟子放在達也面前。

達也像是早已等待許久般，立刻拿起刀子朝蛋糕下刀。

他切下六分之一，放到自己的碟子上。

「其實我也在期待。」

達也面帶笑容注視深雪的雙眼。

「我去泡咖啡！」

達也輕盈起身，前去廚房。

背對達也，面向手動式磨豆機的深雪臉頰微微羞紅，雙唇無法自已地放鬆。

〔10〕

在世間持續討論對於魔法師來說很沉悶的話題的狀況下，昨天的情人節是魔法科高中與魔法大學學生久違能夠天真歡笑或落淚的一天。

不過，他們只有這一天能夠沉浸在符合他們年紀的心情當中。

二〇九七年二月十五日星期五。魔法師——無論是高中生、大學生或社會人士，所有魔法相關人士害怕的事態，終於爆發了。

不對……應該說「開始了」。

地點是魔法大學正門前，時間是上午十一點。反魔法師團體組織的遊行隊伍想進入魔法大學，和警方發生衝突。

魔法大學存放許多國防機密情報以便需要時使用，原本就嚴格禁止外人進入。警察阻止遊行隊伍入侵並不是因為站在魔法師這邊，而是政府方針使然。

然而對魔法師反感的人們不覺得是這麼回事，或是明知如此卻故意曲解事實。遊行隊伍的部分成員開始試圖強行……更正，應該是暴力闖入。

剛開始是成群衝撞。要是警察往回推，他們就故意倒地，宣稱自己是公權力的受害者。接下來就是老套的發展了。

「唉……那些傢伙終於鬧出問題了。」

雷歐看著餐廳大型螢幕播放的新聞影像，傻眼地低語。

「這真過分……」

不知道是偶發還是預謀，激進分子開始拿標語牌當武器揮動，參加遊行的其他人也跟著朝警察排起的人牆扔起石頭，這段錄影令幹比古蹙眉（魔法大學前面的道路上沒有石塊，所以遊行隊伍是撿鋪設在路樹防草墊上的圓石扔）。

錄影的影片於警察隊把遊行隊伍中成為暴徒的成員壓制在路上時，切換成實況轉播。

「……逮捕二十四人啊。這人數算多？還是算少？」

如今已完全加入達也他們午餐團隊的將輝這麼問。因為他不知道首都圈的人數基準。

「比起反戰遊行盛行的那時候少很多，不過以最近的標準來說很多。」

達也回答將輝的問題。

「可是達也同學，扔石頭的人看起來有兩倍以上耶。」

穗香立刻搶著和達也討論。她這幾天非常積極。

「人數那麼多，如果要全部逮捕，警察的人力不夠。」

「就算不以現行犯逮捕，也還有市區監視器的影像可以查看。之後要抓幾個都抓得到，不用急於一時。」

親人之中有刑警，門徒之中也有許多警界人員的艾莉卡，接續達也的話語這麼說。

「嗯？艾莉卡，那個人是不是你哥啊？」

專注看新聞的雷歐，就這麼看著畫面詢問艾莉卡。

然而所有人看向螢幕的下一秒，影像就切換到新聞台的棚內了。

「他雖然那副德性，基本上也是刑警……加上這是關於魔法師的案件，當然也會被派去處理暴徒吧。」

其實比雷歐先發現壽和的艾莉卡，以冷漠的語氣回答。

雖然不是擔心兄妹感情不好，不過幹比古換了話題。

「整體來說，大概有多少人參加這場遊行？」

「警方跟大型媒體都沒發表參加遊行的人數……」

如美月所說，當局很久沒有隱瞞參加遊行的人數了。大型媒體企業應該能分析空拍圖，迅速推算大致的人數，卻顧慮到警方的立場而不報導總人數。沒人相信主辦人發表的人數。

「電視拍到的大概兩百人。」

「所以整體是三百或四百人嗎……也可能超過五百人。」

將輝根據達也說的數字推測遊行規模，嘆了口氣。

「雖說人類擁有思想自由，不過站在被敵視的立場，這種論調就很讓人心灰意冷呢。」

「一點都沒錯。」

深雪附和將輝的牢騷。

緊接著，艾莉卡憤怒地「啊？」了一聲。

電視畫面上，律師正在批判警方的逮捕失當。

「說什麼『侵害言論自由』啊！說什麼『集團行動的自由應該和集會自由一樣受到尊重』啊！這是非法入侵未遂跟妨礙公務吧！」

「我也認為艾莉卡說得沒錯……不過和這個律師主張相同論點的人應該不少吧。」

沒人反駁幹比古這番不祥的預言。

◇　◇　◇

「稻垣，你還好嗎？」

壽和以一臉不甚擔心的表情詢問。

「嗯，還好。」

稻垣也以冷淡態度回答。

其實白天播放的新聞故意剪掉了某個片段。

影片只錄到拿標語牌當武器揮動的暴徒被警察壓制，不過這時候其實有暴徒拿著鈍器之類的物體，企圖毆打在一旁拉出人牆避免圍觀（看熱鬧）群眾闖入馬路的警察。

他或許是要拯救正在被逮捕的同伴。

這名暴徒被混入圍觀群眾的一名便衣刑警，也就是被稻垣壓制。

稻垣使用魔法壓制暴徒，導致這名男性到現在都還無法接受偵訊。因此目前仍不清楚他和遊行隊伍的關連性。雖然不可能無關，卻無法斷定。

觀眾可能被誤導認為偷帶凶器的傷害犯和反魔法主義遊行有關。媒體基於這個理由而沒報導這件事，不過反過來說，也代表媒體很明顯不想讓觀眾認為暴徒和遊行有關。

多虧稻垣，差點被打的警官才沒受傷。然而稻垣在保護他的時候，手臂雖然勉強免於骨折，卻被打得嚴重瘀青。不過在千葉道場，這種程度的瘀青是家常便飯。

而且稻垣也是受命擔任下任當家親信的高手。他想避免自己所保護的警察與一旁的市民被鈍器打中，才不得已伸手去擋，但他有卸下力道避免受創。壽和看到他瘀青的部位也明白這點。

「嗯？稻垣，你的頭也被打了嗎？」

壽和對按著額頭板起臉的稻垣投以疑惑視線。他應該只被暴徒打中手臂。以稻垣的武術造詣，很難想像他會在沒察覺的狀況下被打。

「不，我聽警部說話就頭痛……」

「你啊……看來你果然必須重新好好學習如何尊敬長官了。」

壽和毫不客氣地說完之後，又補了一句「身體不舒服就回去吧」，離開稻垣。壽和最近經常看到稻垣按住頭的動作。雖然剛才是以玩笑話掩飾，但壽和其實很擔心稻垣。

◇◇◇

關於這個事件，在晚間新聞當中看得到兩派人馬針鋒相對。不過，也不是魔法師擁護派與反魔法師派同台對談，而是電視台各自進行相當極端的議論。

某個從類比播放時代就經營至今的電視台，以批判魔法師聞名的在野黨議員神田正強烈撻伐警方的應對方式。

『……雖然遊行隊伍多少有些失控，不過警方見一個抓一個的做法明顯太過火了。警察是裝備盾牌、頭盔甚至是護身裝甲的全副武裝，實際上，和遊行部隊對峙的警察完全沒人受傷。』

『為求公正我要說明一下，其實有一名便衣警官受到輕度的跌打損傷。不過那名警官說來誇張，明明只是偶然造成瘀青，骨頭完全沒裂開的小傷，卻以魔法攻擊市民報復。考量到魔法師擁有的攻擊力，這很明顯是防衛過當。』

『警官使用魔法時，應該要求比用槍更加慎重。我打算向國會提議修法，對任何局面下的魔法使用施以更強的限制與更重的罰則。我認為使用魔法必須事先由魔法師以外的高階負責人批准，這應該列為義務。』

另一方面，主要以有線電視與網路播放逐漸增加存在感的文化交流網──通稱「文網」旗下的有線電視台，則是提倡魔法師權利的執政黨上野議員，以沉穩語氣回答播報員的問題。

『說到底，魔法大學平常就嚴格限制外人進出。國家委託那裡進行許多研究，是國防上的重要要求導致有此限制。並不是針對反魔法主義的遊行隊伍嚴格管制。』

『遊行隊伍不僅以金屬標語牌當武器亂揮，甚至拿石頭扔。要是放任當時的狀況不管，不只是魔法大學的學生，連路人都很可能遭受殃及。要是放任反魔法主義者的暴徒在那裡亂來，警方才真的免不了被批判怠忽職守吧。』

『關於魔法的使用，現在也有嚴格的規定做規範，而且這次使用魔法逮捕暴行犯的刑警也嚴格遵守這個規定。要是進一步限制現場人員的話，將會妨礙他們保護國民安全的職責，進而讓人民受害。』

『科學上早已證實比起使用失能性毒劑、電擊槍或閃光音爆彈，以魔法鎮壓更加安全。敵視魔法技術是社會的損失，甚至堪稱是一種迷信。』

為成績平平的學生不好不壞的答案卷打完分數的老師——和真由美一起看這個節目的弘一，就是露出這樣的表情。

「神田議員的論調意外穩重。我還以為他的主張會更加極端。」

被迫陪同的真由美，以不悅心情表露無遺的語氣回應父親的低語。

「這樣不會襯托出上野先生的中肯論點嗎？」

弘一從淺色墨鏡底下，朝長女投以「有趣」的眼神。

「神田議員是小丑，不過將小丑誇大說詞當真的觀眾比比皆是。頻繁使用斥責字句的情緒化演講容易被自以為熟知隱情的自稱專家嘲笑幼稚，但是停止思考與情緒共鳴的舒服感會吸引大眾。仍在高談刁鑽歪理的這時候比較容易應付。」

「但我認為上野先生正是缺乏這種嘩眾取寵的功力。」

「我不是期待他點火，而是期待他潑水。冷場的發言會同時影響場中的雙方。」

父親過於壞心眼的發言，引得真由美盡顯厭惡感地板起臉。

「所以父親大人，接下來要怎麼做？」

「暫時靜觀其變。雖然文網這麼明顯站在我們這邊，是出乎我的預料……改天找那個女星過來吧。」

「『那個女星』？難道是小和村真紀小姐？」

真由美沒聽說過父親支持哪個藝人。要說有私交的女星，她只想得到去年四月造訪這個家的小和村真紀。

「沒錯。妳真清楚啊。」

「不，只是因為我只想得到她……所以，為什麼要找小和村小姐？」

「她是文化交流網的社長千金。」

「原來是這樣啊。」

真由美以不太在乎的語氣附和揭開謎底的父親。

觀看相同節目的琢磨，在上野議員參與的新聞播放完畢之後，隨即打電話給真紀。

『哎呀，琢磨，怎麼了？』

真紀的反應就像是被突然打來的電話嚇到。如果是一年前的琢磨，或許會不滿地覺得「別裝傻」，但現在他不在乎這究竟是不是真心話。

「抱歉這個時間打給妳。我想向妳道謝。」

『道謝？』

真紀疑惑反問。琢磨聽得到背景的細微嘈雜聲。

「在工作嗎？那麼……」

『現在是拍片的休息時間，沒關係的。所以是什麼事？』

真紀在笑，但琢磨決定長話短說，以免造成她更大的困擾。

「上野議員剛才上了妳那邊的節目。播報員對魔法師也相當友善。這是妳幫忙安排的吧？真的很謝謝妳。」

『什麼嘛，原來是因為這種事？』

真紀發出感覺很意外的笑聲。

『確實，我是有建議父親別贊同反魔法主義，但這不是因為你拜託我這麼做。我們這邊是新興媒體，和老字號媒體做相同的事也賺不了錢。父親只是以企業家的角度打了這個算盤。而且這麼做可以賣人情給上野先生，你不需要為這種程度的事一一道謝。』

「就算這樣，妳還是幫了大忙。謝謝。」

『是嗎？既然這樣，我就期待你的「回禮」喔。』

「嗯，儘管說吧。」

琢磨再度為自己妨礙真紀工作道歉，然後掛斷電話。

◇　◇　◇

雖然或許是理所當然，不過也有許多人對於媒體並沒有全部一起站在反魔法師陣線，抱持著不滿。

逃亡中的顧傑不只抱持不滿，還感到焦急。

他發動恐怖攻擊的目的，是要讓平民被十師族殃及，喚起敵視魔法師的輿論。依照顧傑的預料，被輿論逼入絕境的日本魔法師將會試圖拿十師族作代罪羔羊，躲避輿論批評，藉以在社會層面埋葬十師族，與十師族之一的四葉家。這就是他的如意算盤。

魔法師的內部分裂，以及反十師族的潮流確實逐漸形成。但顧傑認為要是維持現狀，這次的風波會在造成決定性的潮流之前平息。

「這樣就沒意義了。奪走我復仇對象的傢伙們，必須嚐到和我相同的悔恨才行，否則我不會罷休。」

四十三年前，顧傑因為一次失敗就被祖國驅逐。曾以古式魔法師身分獲得崇高地位與名譽的他，在極短時間內被奪走一切，在社會層面上被滅口。

顧傑在侵蝕內心的屈辱之中發誓報復。

一定要將驅逐我的崑崙方院現代魔法師，推落到和我同樣悽慘的境遇，再嘲笑他們的悲嘆與怨恨。

顧傑只想得到這個雪恨的方法。

但他的復仇無法實現了。因為雪恨的對象被四葉一族消滅。

喪失去處的復仇心，改為朝向奪走他報復機會的對手。

要在社會層面消滅四葉一族。就和昔日自己遭遇到的一樣。

「──我不殺人。我才不讓你們死。你們就趴在汙泥裡徘徊，悽慘地苟活下去吧。」

這場自爆恐怖攻擊，是達成這個目標的最後計策。四葉一族、十師族、日本的魔法師，將會被日本人否定他們的用途與貢獻，進而失去地位、名譽、榮耀與歸宿。

顧傑若能目睹他們這副可憐的模樣，之後要做的就只剩找個可以靜靜死亡的場所。但如果計畫沒成功，就得擬定下一個策略。他不想在復仇沒能成功的狀況下死去。

無論如何，他都必須暫時離開這個國家。若想再度攻擊，就不能拖太久。顧傑已察覺自己所剩時間不多。

周公瑾建立的人脈雖然大多被摧毀，卻還留在這個國家的各處。也是多虧這些人脈，顧傑才能像這樣持續逃亡。

至高王座突然變得無法使用是一大損失，但顧傑原本就認為過度依賴這個工具很危險。與其依賴這種來路不明的工具，不如依賴歃血的盟友。顧傑如此重新改過自己的心態。

不是花時間消除自己的痕跡，而是迅速離開這個國家。為此需要準備強力的棋子。他必須取得比之前從日軍搶來的強化魔法師更具潛力的人體材料。

思考到這裡，顧傑想起某個朋友曾提到，他在有力魔法師一族的高徒身上施加了刻印。

（當事人的天分似乎不怎麼樣，但他所屬的一族應該可以成為優秀的傀儡。）

以施加刻印的徒弟為誘餌，引誘師父家的成員上鉤。顧傑決定規劃這方面的策略。

◇　◇　◇

二月十六日，星期六。反魔法師團體今天也舉辦了遊行活動。但目的地不是魔法大學。遊行路線是從中央官廳街到國會議事堂，所以也沒像昨天那樣化為暴徒。

然而，並不是沒引發任何問題。事件發生在距離東京西側四百公里處，西宮的第二高中。放學的第二高中學生遭到反魔法主義者襲擊。

「哥哥？」

「達也同學？」

深雪與穗香以充滿意外的語調迎接在放學途中得知這個事件，因而折返回一高的達也。

「我聽到二高的事件，所以又回來了。」

達也以這句話回答她們的疑問。

「詳細狀況如何？」

接著回以更簡潔的問題。

「放學的女學生被數名暴徒襲擊，多虧其他學生迅速趕到，所以似乎沒事。不過在擊退暴徒的時候，魔法的力道拿捏失準，所以讓嫌犯受了重傷。現在水波正在和二高連線，準備進行語音會議。」

幾乎在深雪對達也說明完畢的同時，水波回報：「會長，接通了。」

深雪向水波點頭，朝麥克風說話。

「這裡是第一高中學生會長司波深雪。請問第二高中有聽到嗎？」

『這裡是第二高中學生會副會長九島光宣。聲音聽得很清楚。』

從揚聲器傳回的聲音，是去年秋天在奈良與京都共同行動的九島光宣。

「光宣，你成為二高的副會長了啊。」

『是的，不過比較像是第二副會長。話說深雪，可以切換成視訊嗎？』

「好的，這邊沒問題。」

之所以沒有一開始就開視訊會議，是基於禮儀。要是劈頭就打開攝影機，讓畫面角落拍到不想被看到的東西時，彼此都會有種難以言喻的尷尬感覺。

只要語音接通，很快就能切換成視訊。學生會室的大型螢幕不到一秒就映出光宣的臉。現場聽得到好幾個倒抽一口氣的聲音。

沒去京都探路的成員們，也在論文競賽看過光宣。不過和深雪同質，又明顯是異性的英俊容貌，已足以震懾深雪以外的女性們。

光宣也略為睜大雙眼，因為他很意外達也待在一高的學生會室。光宣也從家裡聽聞達也正在搜索恐怖分子。但他知道不應該在這時候提這件事，沒有主動詢問。

「事不宜遲，九島副會長。」

深雪改成和別校學生會說話時的正經語氣，出口詢問。

「方便說明貴校學生差點被施暴的事件原委嗎？」

『好的，司波會長。』

光宣也改成二高副會長這個身分的說話方式。

『距今約一小時前，本校的一年級女生在從學校通往車站的路上，突然被六名看起來二十歲前後的男性包圍。』

聆聽說明的一高學生會幹部、風紀委員長以及一名女風紀委員同時蹙眉。

『那群男性朝著女學生大聲宣導「人類主義」的教義。就是「發動奇蹟是神專屬之權力，將神定下的自然法則扭曲為非神之物是惡魔的行徑。人必須只以不超出人類範疇的力量生活」這段教義。』

像這樣重新聆聽人類主義者的主張就能夠清楚地知道，這是故意曲解了現存宗教教義的信仰思想。

『該學生強勢地反覆要求讓路，男性們卻沒散開。女學生想開啟行動終端裝置的防盜警鈴時，一名男性就伸手抓住她，企圖搶走終端裝置，進而造成衝突。』

行動終端裝置內建的防盜警鈴，不只是會發出響亮的聲音，也兼具提供位置情報的報警功能。聽到女學生大喊也不當一回事的男性們之所以阻止她開啟防盜警鈴，箇中原因不難理解。

『察覺騷動的其他學生也趕到了現場。總共是三名一年級與一名二年級。二年級學生撥開人類主義者圍成的人牆，一年級隨後衝進去，然後學生就和人類主義者扭打成一團。對方體格比較魁梧，而且似乎學過拳法之類的格鬥術，就這麼打昏了二年級學生，這時一年級女生就使用魔法癱瘓這群人類主義者。這就是事件經過。』

「傷勢怎麼樣？」

『二年級學生鼻骨骨折、鼓膜破裂、肋骨龜裂骨折，還有數處內出血。內臟似乎也有受創，傷得很重。而一年級男生一人鎖骨骨折、一人腦震盪。這兩人後腦杓遭受重擊，所以正在做精密檢查。另一名男生與女生則沒有明顯傷勢。』

「對方呢？」

『對他們使用的魔法是「電光」與「加壓」。一人受到「電光」的影響導致心律不整，一人在跌倒時臉部遭受重擊，導致口腔受傷，好像也差點摔斷一顆牙齒。其他人是被「加壓」壓制時受到挫傷或擦傷。』

「我聽說歹徒受重傷，不過二高學生傷得比較重吧？」

深雪的指摘，引得光宣似乎露出了苦笑——但因為容貌過於端正的關係，所以看起來不像是「苦」笑。

『剛中魔法時的心律不整似乎很嚴重……現在已經知道對方原本就有高血壓，容易心律不整，但檢查之前不確定電擊造成多少傷害，所以才會傳成「重傷」吧。』

一高學生的反應分成「鬆一口氣」與「露出苦笑」兩種。

順帶一提，深雪是鬆了口氣，達也是面露苦笑。

「既然這樣，應該就不用擔心那名一年級學生被質疑防衛過當了。」

『會長與另一位副會長正和老師一起待在警局。這部分要等會長他們回來才能確定，但應該沒問題吧。』

「這樣啊。那麼貴校會長回來之後，方便至少告知結果嗎？寄電子郵件就好。」

『知道了。我會寄信告知。』

「九島副會長，麻煩您了。」

『好的，確實收到委託了。那麼司波會長……更正，深雪，告辭了。』

「好的。光宣，再見。」

深雪關閉視訊會議系統，轉頭看向達也。

「哥哥，事情就如您所聽到的。雖然光宣那麼說，不過使用魔法是否防衛過當，我認為還有待商榷。」

「就算這次罪狀不成立，應該也會留下正當性的問題。面臨何種危機能使用何種程度的魔法，我認為幾乎不可能提出明確的基準。最壞的狀況，可能會有法官說只要沒實際受害，就不准以魔法抵抗。」

「司波學長，這樣太亂來了吧？如果這種道理也能說得通，最後的結論會變成魔法師沒有自我防衛的權利。」

泉美反駁達也的悲觀預測。

「或許會叫我們使用魔法以外的手段自衛。」

不過泉美也無法繼續反駁雫提出的這個假設。

達也在開完例行會議回家用餐時，得知光宣回信的內容。

「實際上有人受傷，所以這次認定是正當防衛啊……」

「是的……雖然沒有明講，但我覺得哥哥的悲觀預測好像命中了。」

達也也和深雪同感。只要沒有在某處提供明確的判斷基準，就有法官可能以自己的思想立場全面禁止使用魔法自衛的風險。

「……試著透過師族會議，要求法律明訂魔法的自衛權吧。但我認為就算能夠實現，也得花不少時間。」

依照現行法規，准許使用魔法的條件除了公務員執行職務或平民代理公職，其實都規定得相當模糊。像是「需要緊急應對時」或是「符合公共利益時」這種可以進行廣義解釋的敘述。

這是魔法師曾被當成公權力工具的歷史軌跡所致。為了維護社會秩序與防災，政府希望盡量准許魔法自由使用，才會造就這種規定。

不過經過這次的事件就很清楚，這種程度的規範不足以保護魔法師個人。只把魔法師當成國家工具的弊害可說是到了這時候才顯現。

「無法保證下次不是一高學生遇襲。水波。」

「是，達也大人。」

站在廚房的水波聽到達也的呼叫，就進入飯廳。

「水波，我不在深雪附近的時候，妳要盡量和深雪一起行動。要比以往更注意自己別離開深雪身邊。」

「是。」

「還有，只要不是遭到魔法攻擊，就不要使用有可能會令對方受傷的魔法。『反射』也要避免使用。」

「可是達也大人，就算使用『阻斷』，攻擊的力道也會以反作用力的形式回到使用者身上。同時使用『減速』的話，以我的魔法力，護盾的持續時間會明顯減少。」

水波有點顧慮地提出反駁，這時深雪幫忙說話。

「哥哥，要不要由我負責『減速』？」

但是達也的反應不甚理想。

「不……這樣的話，妳的魔法力會侵蝕水波的護盾。妳平常將部分控制力用在我的封印上，在這種狀態下很難進行這麼細膩的操作吧？」

「這……我不否定。」

深雪遺憾地回答。

「總之，世間已經知道妳是四葉家下任當家，妳對市民使用魔法的話不太妙。在最後關頭之前都交給水波處理吧。」

深雪點頭回應，達也見狀將視線移回水波身上。

「如果深雪遭到襲擊，我無論在哪裡都會立刻趕到，所以幫忙撐到我趕到吧。」

「知道了。達也大人，請交給屬下吧。」

老實說，即使是水波，要達成達也的要求也是相當困難。但是對於水波來說，保護深雪比侍女的工作更加重要。

水波充滿決心地答應達也。

◇◇◇

……明明是難得的週日，卻一大早就見到討厭的傢伙……

艾莉卡剛結束晨間長跑返家，就這麼心想。她在門口巧遇正要出門的長兄壽和。看壽和的穿著不是要出去玩。是西裝加大衣的上班打扮。但艾莉卡不覺得疑惑。要說刑警的工作和是不是週日無關也不為過。至少和千葉家有交情的魔法師刑警都是這種感覺。

艾莉卡沒打招呼也沒正眼看壽和，就要從他身旁經過。

「艾莉卡。」

然而正如預料，壽和叫住她了。

艾莉卡十分討厭父親，再來就是這個同父異母的哥哥。而且比起父親，艾莉卡更不擅長應付壽和。

小時候每次練武都被修理到站不起來的記憶，至今依然留在她的內心一角。

壽和以開玩笑語氣消遣她的那些話語，連她自己都質疑為何每句聽起來都那麼刺耳。壽和的話語總會準確刺穿艾莉卡藏在內心深處的事物，所以更令她煩躁。

艾莉卡不曉得究竟拜託壽和不要管自己多少次了。艾莉卡升上高中之後也死了心，認為說了也沒用。

「幹嘛？」

「我想問一件事。」

艾莉卡能做的頂多只有一臉不悅地瞪向他。

然而，一如往常的挖苦沒有傳入耳中。

「所以你到底要問什麼？」

艾莉卡心想步調都被他擾亂了，但依然不改臭臉反問。

壽和不在乎艾莉卡的叛逆態度。但這次不同於以往，感覺是沒有餘力在意。

「有沒有看到稻垣？」

「稻垣先生？」

出乎意料的問題，使得艾莉卡不禁認真思考。

「……最近沒看到。什麼時候的事？」

「從昨天開始。」

「昨天？」

艾莉卡因為聽不懂壽和的意思而皺起眉頭。一個老大不小的男人只是一天沒露面，需要這麼擔心嗎？

壽和的視線從四目相對的妹妹身上移開。大概是艾莉卡看向他的詫異眼神令他不自在吧。

「那個傢伙昨天完全沒聯絡，就不來工作。」

壽和大概是覺得需要解釋，就這麼看著旁邊不悅地說明。

「稻垣先生是一個人住吧？會不會是突然生病起不來？」

「也沒在家。不知道究竟去哪裡閒晃了……」

「……你還專程跑去他家喔。」

艾莉卡吐槽之後，壽和便轉身背對她。

「總……總之！要是看到稻垣，就叫他立刻聯絡我，也幫忙跟其他人說一聲！」

他說的「其他人」是千葉道場的門徒們。

壽和快步離去，艾莉卡望著他的背影輕聲說「唉，是可以啦」，然後回到自己的別館。

淋浴之後一個人吃完早餐，稍微休息一下再進入道場。

父親與姊姊不在裡面。艾莉卡都趁著這段時間練武。好巧不巧，艾莉卡在這裡的時候，姊姊也不會使用道場。感情交惡的同父異母姊妹在千葉家巧妙地井水不犯河水。

明明是週日早晨，道場卻有許多門徒練武。主要是二十歲左右到接近三十歲的青年。也看得到和稻垣同年代的資深門徒。

艾莉卡幾乎是心血來潮才想起壽和那番話，但還是決定找他們打聽一下。

「內藤先生、門田先生，方便借點時間嗎？」

艾莉卡朝著空揮木刀的青年，以及旁邊每看他揮刀一次就提出建議的另一名青年搭話。

「啊，艾莉卡小姐，早安。」

「艾莉卡小姐，妳來了啊。」

被搭話的兩人停止揮刀練習，看向艾莉卡。

「我剛來。那，記得兩位和稻垣先生幾乎是同時期來拜師的吧？」

「是的。」

「雖然這麼說，但稻垣比我們年長。」

「沒差很多吧？」

門田強調兩歲的些微差距，艾莉卡以冰冷視線刺向他。

但艾莉卡立刻改變心態，覺得在這種地方拖拖拉拉會沒完沒了。

「然後啊，稻垣先生好像從昨天就不知去向，兩位聽他說過什麼嗎？」

「失蹤？」

和稻垣同年，且大概是道場中和稻垣交情最好的內藤疑惑蹙眉。

「真奇怪。以那個傢伙的個性，無論有多麼急的事情，也很難想像他連一句話都不留。」

「因為稻垣先生做事一板一眼，和內藤先生不一樣。」

門田的頭發出相當響亮的敲擊聲。

「……我只是開個小玩笑而已啊。」

「光是我沒拿木刀打，你就該謝天謝地了。」

「好了好了，要玩晚點再說。」

內藤握拳毆打門田的頭。即使這一拳相當用力，門田看起來也不太痛。艾莉卡給了他們兩人一個白眼。

「總歸來說，就是兩位心裡都沒底？」

「沒有……注意！」

內藤朝艾莉卡搖頭之後，以響遍道場的音量大喊。

「昨天與今天，有看到稻垣的人舉手！」

沒人舉手。

「有人知道稻垣可能去哪裡嗎？」

這次有兩名二十歲出頭的年輕人舉手。

「不是昨天，是前天發生的事。我在自家附近看到他。」

其中一人這麼說，另一人點頭附和。

「記得你們住在鎌倉吧？」

「是的。」

「他好像在找東西，我以為是在辦案，所以沒打招呼。」

「有注意到其他事嗎？」

「當時只是看了一眼……不好意思。」

內藤看向艾莉卡。

艾莉卡點頭回應內藤。

「知道了。繼續練習！」

門徒們齊聲回答「是」，便各自回去練武。內藤把視線移開他們身上，轉身面向艾莉卡。

「一切就如妳剛才聽到的。抱歉，幫不上什麼忙。」

「原本就是壽和老哥在找他，所以不用向我道歉啦。內藤先生，剛才的情報請你轉達給壽和老哥。」

艾莉卡說完，就離開了內藤與門田身旁。

內藤很清楚艾莉卡不太敢面對壽和，笑著遵照她的吩咐行事。

壽和收到內藤的聯絡之後，沒到臨時搜查總部露面就坐進偵防車。

他聽到「鎌倉」就恍然大悟。

同時內心也逐漸湧現後悔。

壽和曾帶稻垣找古式魔法師聆聽屍體操作魔法的說明，而那名魔法師就住在鎌倉。

當時，藤林有在壽和出發前警告過他。那名魔法師是魔法協會列管的對象，傳聞他和前大漢的魔法師來往甚密。

而且也有一些徵兆。聽那名魔法師說明之後，稻垣就好幾次做出不自然按著頭的動作，看起來一直為頭痛所苦。

恐怕是中了那個魔法師……「傀儡師」近江圓磨的法術。應該是意識操作系的魔法。

稻垣出現了藤林在電話詢問的症狀。自己為什麼沒察覺？

壽和將牙齒用力咬得幾乎軋軋作響，克制想要大聲臭罵自己的衝動。

壽和將偵防車停在前一個區塊，藏匿氣息站到「傀儡師」的宅邸前面。

雖然比不上別名「魅影女郎」的第一高中輔導老師小野遙，但壽和的隱形也是首屈一指。拿著手杖刀也不會被路人查問這種程度的技術，對他來說易如反掌。雖然瞞不過機械的監視，但只要對方是人類，他有自信不會輕易被發現。

壽和就這麼消除自己的氣息，將五感外知覺擴散到宅邸內部。不是以布覆蓋的感覺，而是以放射狀延伸出許多條線的感覺擴散。

和預料相反，途中沒遭遇阻礙。沒發現阻斷「線」的護壁，也沒有沿著「線」反向調查這邊身分的陷阱。即使如此，壽和依然小心翼翼地逐漸深入探索宅邸。

他毫不費力地就發現稻垣的氣息。

由於過度簡單，壽和反而提高警覺。

但他立刻把這份擔心塞進意識一角。

從知覺絲線回傳的稻垣氣息，如同隨時會死掉般極度無力。即使一整天不吃不喝也不可能衰弱成這樣，真的是分秒必爭。

沒空煩惱了。壽和瞬間放棄正規程序。

……就算是誤會，也只要遞辭呈就能了事……

壽和如此看開之後，決定闖入宅邸。

首先走和平路線，按下門鈴。壽和不認為對方會乖乖開門，卻可以成為破門的藉口。

『是上次的警察先生吧？門沒鎖，請進。』

早已摩拳擦掌的壽和突然聽到這種回應，覺得相當掃興。

危險的預感愈來愈強烈，但壽和對自己說「不入虎穴焉得虎子」，轉動門把。

沒上鎖。

壽和踏入玄關，照明隨即自動開啟。這種機關以及幾乎沒有窗戶的住宅在現今都不算稀奇，而且這次是二度來訪。壽和就這麼穿著鞋子（這也是這個家的作風），前往走廊深處。

身穿立領長衣的白髮老翁在走廊深處等他。從外表推測年齡是五十五到六十五歲。雖然頭髮雪白，但黝黑肌膚除了細紋之外看不到皺紋、乾裂、鬆弛或斑痕（老人斑）。從膚色與長相來看，壽和還以為他來自中南半島。總之，他不是近江圓磨。

「近江老師外出中，但老師吩咐警察來訪的話要歡迎。」

這名老翁以感覺得到英語腔的日語如此說著，並低頭致意。

「冒昧請教一下，您是？」

自覺氣勢逐漸被削弱的壽和詢問老翁。

「我是近江老師的老友，叫作阮。」

果然是越南那邊的人嗎……壽和心想。但前提在於這不是假名。

「您的朋友在這裡。」

「是說稻垣嗎？」

即使氣勢受挫，他也沒有失去緊張感。壽和提防戒心顯露臉上，同時詢問自稱阮的老翁。

「稻垣先生。喔，我想起來了，近江老師也說他是稻垣先生。」

為壽和帶路的老翁，就這麼背對他回答。

老翁打開房門。

橫躺的稻垣映入壽和眼簾。他躺在床上，虛弱、痛苦地呼吸。

「稻垣！」

壽和原本想衝進房間，但又頓時察覺這樣會背對老翁而打消念頭。

老翁看起來不在意壽和不自然的舉動，直接走到稻垣所躺的床邊。

壽和讓老翁與稻垣同時位於視野內，走到他們旁邊。

「這究竟是怎麼回事？」

壽和低頭看著老翁詢問，語氣中藏不起怒火。

「您的朋友被下咒了。」

「下咒？」

「抱歉講得不夠詳細。就是中了某人的咒術，正逐漸被剝奪生命力。」

「你說咒術……？」

壽和之所以疑惑，並不是因為這令他感到意外。壽和原本以為被「傀儡師」使用魔法攻擊，不過現狀似乎是「傀儡師」在治療稻垣。

「近江老師看到您朋友倒地，便將他帶到這間宅邸進行緩和咒術的急救措施，才會沒辦法對外聯絡。因為電話也會成為詛咒的通道。」

感覺老翁的話語也算合理，卻完全無法證實這是真的。聽在壽和耳中只像是單純把話講得好像很有道理。

不過，對方沒展現半點敵對態度，自己也很難硬來。壽和打算先回車上請求支援。

但他的這個決定沒能付諸實行。

「警部……」

稻垣虛弱的呼喚聲攔住了他。

「稻垣，你醒了嗎？」

壽和不禁以左手撐在床頭邊框。不過右手依然空著，以提防身後的老翁。

稻垣的右手無力抓住壽和的左手。

但下一瞬間，稻垣的手卻如同虎頭鉗般，緊緊鎖住壽和手腕。

壽和的心被驚愕覆蓋。

這力道大得令人匪夷所思。衰弱到這種程度……在這種失去精力到甚至令人誤以為是「死者」的狀態，不可能使出這種力道。

稻垣的左手從被子下方彈起。這隻手握著像是壓力注射器的物品。

壽和反射性地以右手阻擋稻垣的左手。

緊接著，壽和感受到背後傳來如同被強力電擊槍命中的衝擊。他沒有轉身的餘力，意識就這墜落入了黑暗之中。

◇　◇　◇

由十師族率領的魔法師們將能力發揮到極限，尋找箱根恐怖攻擊主謀，而警方也連日住在警局搜查恐怖分子。但即使到了事發將滿兩週的二月十八日星期一，也依然查不出顧傑的下落。

從座間取得的施法器屍體身上也找不出新線索。在搜索開始陷入瓶頸的這時候，達也決定再度清查顧傑至今潛伏的場所。

不過達也在獨自騎車前往鎌倉的途中，忽然感受到一股危機。這就是所謂的第六感吧。即使停下機車以「眼睛」對焦，也找不到導致深雪遭遇危險的要素。達也還沒有預視未來的技術。

即使如此，他還是依照這份不確定的預感，騎車前往八王子。

◇　◇　◇

現在距離放學還有好一段時間，但深雪來到了離第一高中最近的車站。

「深雪大人，抱歉特地讓您跑一趟。」

走在旁邊的水波頻頻畏縮。

「我說過好幾次了吧？不用在意。這也是學生會的工作，我不打算老是扔給妳們處理。」

「深雪學姊，真的我們自己來就可以了。」

泉美表面上惶恐，卻藏不住心中喜悅。

深雪帶著水波與泉美前來討論送給畢業生的禮物。紀念品例年都是向站前自備工廠的商店訂購。深雪去年就和店家開過會，這次是第二次，所以她一個人來就夠了，但她為了明年而帶兩人過來。

「不好意思，我們是第一高中學生會。」

「來了，歡迎光臨。」

從店裡現身應對的不是男老闆，是老闆娘。

看來店家也從去年的經驗學到很多。

「深雪學姊，這還真是花了不少時間呢。」

一走出店門口，泉美就輕聲發牢騷。她語氣高雅，所以聽起來不像在表達不滿，卻隱約洋溢著不耐煩的氣息。

「是啊。不過今天一天就幾乎決定了所有條件，就當成順利結束了吧。」

不過，深雪面帶笑容如此安慰以後。

「說得也是。深雪學姊的協商好出色，真是了不起。」

泉美一改心情，興奮了起來。

「我認為不到了不起的程度就是了……」

「不，能夠這麼快達成共識，都是多虧深雪學姊的實力。」

明明才說花了好多時間，下一秒卻改口說「這麼快」——泉美基本上都是這種沒節操的作風。不過前提當然是「只限在深雪面前時」。

「不過，學姊這樣高尚的態度也很迷人。」

稱讚深雪到這種程度，大致是一整套的流程。

深雪也已經習慣，所以笑著將泉美的興奮話語當成耳邊風。

不提這個，現在已經快到放學時間了。以女生的狀況，即使沒有課本或筆記本，行走時也非得攜帶一些打理外表的小東西，不能雙手空空上下學。所以得在放學前回學校一趟。

「不提這個，快點回學校吧。雖然時間還不算緊湊，但也沒那麼從容。」

「說得也是。」

「好的。」

深雪說完，泉美與水波依序點頭回應，接著三人便走向第一高中。

但她們行走不到一分鐘就被迫停下腳步。

和通學道路交會的一條小巷裡，有十幾名男性圍成人牆。

只是群聚的話還好，但是從他們腳邊的縫隙看得到第一高中女學生穿的靴子。

「你們在做什麼！」

最早察覺人牆裡有女學生的泉美一邊高聲詢問，一邊快步走向他們。

人牆中靠近這邊的數人轉過身來，進行「喂，她是七草家的……」、「後面那個是一高學生會長啊」這樣的對話。他們的聲音也傳到泉美與深雪耳中。

「泉美，等一下。」

深雪跑到先走的泉美身後抓住她的手，阻止她的腳步。

但是，深雪的制止慢了一步。

不，是男性們的行動快了一步。

他們扔下先前圍起來欺負的女學生，在深雪三人身邊圍成人牆。

「你們是怎樣？」

泉美道出可說是理所當然的詢問，但對方沒回答。

「罪孽深重的邪法使用者，罪人首魁的女兒啊！」

相對的，他們以異常裝模作樣的語氣，對泉美說出只像是演戲台詞的這番話。

「悔改吧！」

這個人如此高喊之後，同夥的男性們也齊聲唱和：「悔改吧！」

「你們說什麼！」

「泉美，等一下。」

深雪阻止想要槓上男性們的泉美。

「發動奇蹟是神專屬之權力，將神定下的自然法則扭曲為非神之物是惡魔的行徑！」

男性高聲說出熟悉的字句，但深雪轉過身去，完全不予理會。

「可以請你們讓路嗎？」

被深雪的視線貫穿雙眼的男性露出怯懦表情，但是他沒回應深雪的要求，再度加入「悔改吧！」的唱和。

「人必須只以不超出人類範疇的……」

只不過，深雪同樣沒聽對方說話。

「要是不讓路就構成妨礙自由，你們不介意吧？」

深雪不顧看似領袖的男性朗讀（？）的這段話，直接威脅面前的青年。

「喂，閉嘴！」

被深雪宣告為妨礙自由現行犯的青年旁邊，有另一名男性朝深雪怒罵。

深雪也沒把這名男性的威嚇聽進去。

「水波。」

「是。」

水波簡短回應深雪的聲音。已經準備好發動魔法的水波，以幾乎要碰到男性們的半徑範圍架設「阻斷」與「減速」的複合魔法護壁。

這一瞬間，他們不知道水波做了什麼。

直到深雪取出行動情報終端裝置，開啟防盜警鈴。

剛才怒罵深雪的青年伸手想拿走終端裝置，但他的手被水波的護壁擋了下來。

男性們察覺三人位於他們無法出手的「牆壁」後方。

「妳們以為魔法可以擅自使用嗎？」

人牆中傳出這個聲音。

「我們只是對妨礙自由的現行犯進行自衛。」

深雪以滿不在乎的聲音回應這個厚臉皮的找碴行為。

「而且我感受到身為女性的自己身體有危險。」

還以輕蔑的語氣補充這一句。

泉美朝男性們的領袖投以冰冷視線。

對於不懷疑自己是正派的人來說，這是難以承受的挑釁視線。即使泉美沒這個意思，領袖也會這麼覺得。

「懲罰吧！」

領袖舉起右手，迅速往下揮。

他的兩側各兩人，合計四名青年從後方上前，往前揮出右拳。

黃銅色的戒指在他們的中指上散發深色光輝。

「難道是……晶陽石？」

泉美慌張呢喃。

「天譴！」

隨著領袖一聲令下，演算干擾的雜訊襲擊了深雪、泉美與水波。

正在架設護壁魔法的水波痛苦呻吟。

男性們的手從各個方向伸向不穩定的「護壁」。

（下集待續）

後記

本系列也來到第十八集了。劇中的達也與深雪也即將升上三年級，感覺離終點很近了。雖然不是因為這樣，但最近我比以往更在意至今寫不夠或沒寫完的劇情……不，這果然是因為逐漸接近終點的緣故吧。

當初預定分成上下兩集的〈師族會議篇〉改為以上中下三集組成，也是因為我後來接連冒出「這個非寫不可」、「那個也最好寫下來」的想法。例如其實在原本的劇情大綱中，雷蒙德不會在這本第十八集登場。但我寫到一半又覺得，或許應該稍微提及他在「七賢人」之中和其他六人略有不同的立場。藤林響子與千葉壽和的戲分也是在中途增加的。這種細部追加累積起來，就導致集數變多了。

說到因為沒寫到而很在意的劇情，艾莉卡與雷歐在〈越野障礙篇〉幕後遭遇的事件，也一直留在我腦海一角。雖然不會在正傳續集之前先寫外傳，不過我想在〈師族會議篇〉完結以後，來寫寫艾莉卡與雷歐的外傳。

話雖如此，這也不是我一個人就能決定的事。現在確定的，只有本系列的第十九集將是〈師族會議篇〉的完結篇。

我想儘早為各位獻上續集〈師族會議篇〉下集，請各位多多指教。

（佐島 勤）

Kadokawa Light Novels

新約 魔法禁書目錄 1~11 待續

Kadokawa Fantastic Novels

作者：鎌池和馬　插畫：はいむらきよたか

那是她生命中數一數二的「幸福時代」，
最強精神系超能力者「心理掌握」寶貴的「記憶」

食蜂操祈和上条當麻初次邂逅，是比司掌大量魔道書的白衣修女從天而降，還要更早以前的事。直到現在，食蜂操祈依然記得自己與刺蝟頭少年的回憶。然而，當這份記憶變得不再確定……她該如何找回自己真正的記憶？解開食蜂操祈過去的故事，如今開始。

各 **NT$180~280/HK$50~85**

台灣角川

國家圖書館出版品預行編目(CIP)資料

魔法科高中的劣等生. 17-18, 師族會議篇 / 佐島勤作 ; 哈泥蛙譯. -- 初版. -- 臺北市 : 臺灣角川, 2016.03-

冊 ; 公分

譯自 : 魔法科高校の劣等生. 17-18, 師族会議編

ISBN 978-986-366-995-1(上冊 : 平裝). --

ISBN 978-986-473-200-5(中冊 : 平裝)

861.57 105001338

Kadokawa
Fantastic
Novels

魔法科高中的劣等生 18

師族會議篇〈中〉

（原著名：魔法科高校の劣等生18 師族会議編〈中〉）

2016年8月11日　初版第1刷發行
2022年3月15日　初版第3刷發行

作　者：佐島 勤
插　畫：石田可奈
日版設計：BEE-PEE
譯　者：哈泥蛙

發行人：岩崎剛人
總編輯：蔡佩芬
編　輯：黎夢萍
美術設計：黃永漢
印　務：李明修（主任）、張加恩（主任）、張凱棋

發行所：台灣角川股份有限公司
地　址：104台北市中山區松江路223號3樓
電　話：（02）2515-3000
傳　真：（02）2515-0033
網　址：www.kadokawa.com.tw
劃撥帳戶：台灣角川股份有限公司
劃撥帳號：19487412
法律顧問：有澤法律事務所
製　版：巨茂科技印刷有限公司
ＩＳＢＮ：978-986-473-200-5